诗情词意里的中国

——当代山水人物诗词一千首

易　行　选编

線裝書局

图书在版编目（CIP）数据

诗情词意里的中国：当代山水人物诗词一千首／易行编. — 北京：线装书局，2014.9

ISBN 978 - 7 - 5120 - 1499 - 2

I. ①诗… II. ①易… III. ①诗词 - 作品集 - 中国 - 当代
IV. ①I227

中国版本图书馆 CIP 数据核字（2014）第 186021 号

诗情词意里的中国——当代山水人物诗词一千首

编　　者：易　行
责任编辑：曹胜利
出版发行：**线装书局**
　　　　　地址：北京市西城区鼓楼西大街 41 号（100009）
　　　　　电话：010 - 64045283　64041012
　　　　　网址：www.xzhbc.com
经　　销：新华书店
印　　制：北京画中画印刷有限公司
开　　本：710mm×1000mm　1/16
印　　张：22
字　　数：351 千字
版　　次：2014 年 9 月第 1 版第 1 次印刷
印　　数：0001 - 3000 册

定　　价：48.00 元

沁园春·雪

毛泽东

北国风光，千里冰封，万里雪飘。

望长城内外，惟余莽莽；

大河上下，顿失滔滔。

山舞银蛇，原驰蜡象，

欲与天公试比高。

须晴日，看红装素裹，分外妖娆。

江山如此多娇，引无数英雄竞折腰。

惜秦皇汉武，略输文采；

唐宗宋祖，稍逊风骚。

一代天骄，成吉思汗，只识弯弓射大雕。

俱往矣，数风流人物，还看今朝。

一九三六·二

念奴娇·追思焦裕禄

习近平

　　中夜，读《人民呼唤焦裕禄》一文，是时霁月如银，文思萦系……

　　　　魂飞万里，盼归来，此水此山此地。

　　　　百姓谁不爱好官？把泪焦桐成雨。①

　　　　生也沙丘，死也沙丘，父老生死系。②

　　　　暮雪朝霜，毋改英雄意气！

　　　　依然月明如昔，思君夜夜，肝胆长如洗。

　　　　路漫漫其修远矣，两袖清风来去。

　　　　为官一任，造福一方，遂了平生意。

　　　　绿我涓滴，会它千顷澄碧。

　　　　　　　　　　　　　　　一九九〇·七·十五

　　（原载一九九〇年七月十六日《福州晚报》一版）

---

　　① 焦裕禄当年为了防风固沙，帮助农民摆脱贫困，提倡种植泡桐。如今，兰考泡桐如海，焦裕禄当年亲手栽下的幼桐已长成合抱大树，人们亲切地叫它"焦桐"。

　　② 焦裕禄临终前说："我死后只有一个要求，要求党组织把我运回兰考，埋在沙丘上。活着我没有治好沙丘，死了也要看着你们把沙丘治好！"

目　录

霍松林

霍松林，1921 年生，甘肃天水人，当代著名学者、诗人，现为陕西师范大学中文系教授、中华诗词学会名誉会长。中华诗词终身成就奖获得者。著有《唐音阁诗词集》《唐音阁吟稿》等。

游开封清明上河园

汴京胜迹久成尘，妙手谁将画变真！
殿后楼前陈百戏，清明又见上河人。

一九九九年十二月

赞西部山川秀美工程

唐宫汉殿掩黄埃，植被摧残万事乖。
生态岂容长破坏？家园真要巧安排。
嘉禾遍野夺高产，绿树连云献异材。
山秀河清财路广，南飞孔雀又归来。

十年前游泉城，泉水已枯竭，今见绿化奏效，喜赋两绝

"户户垂杨"渐不青，"家家泉水"已无声。
图强致富前途好，绿化山川第一程。

喜见还林耸翠屏，历山飞雨润泉城。
绿杨掩映红楼起，万顷湖波漾大明。

二〇〇〇年十月

人间天堂

波光岚影映红楼，开放湖山任旅游。
游侣争夸西子美，天堂依旧在杭州。

二〇〇一年四月

冒雨游西湖

细雨多情为洗尘，雨中西子更迷人。
蒙蒙远岫眉凝黛，渺渺平湖縠泛纹。
万柳浮烟翻翠浪，三潭腾雾跃金鳞。
匆匆领略朦胧美，明丽风神付梦魂。

二〇〇一年四月

龙井饮新茶

游湖日将午，渴欲饮新茶。
舟系苏堤柳，门敲陆羽家。
虎泉松下水，龙井雨前芽。
三碗诗情涌，何须手八叉？

二〇〇一年四月

游华西村（六首）

摩云金塔表华西，纵览新村上电梯。
工厂书场歌舞院，高楼棋布飐红旗。

争优竞美压群芳，科技高新管理强。
百业拔尖名产众，法兰面料渡重洋。

争夸世界第一村，旅贸工商并冠群。
先富还须求共富，思源兴教育新人。

家家别墅起洋房，四季花飘满院香。
海客来游开眼界，始知华夏有天堂。

村官谁似吴仁宝，廉政懂行树典型。
但愿化身千百万，辟新天地练精兵。

女纺男耕纳税难，农家冻馁几千年。
华西指引金光道，会见千村变乐园。

二〇〇一年八月

兰州龙园落成

西部开发战鼓喧，金城关上建龙园。
寻根入殿心潮涌，览胜登楼眼界宽。
白塔巍峨迎旭日，黄河萦绕庆安澜。
还林已绿丝绸路，更绘新图耀九寰。

二〇〇二年七月

华山放歌（二首）

三峰挺秀壮关西，览胜惜无万仞梯。
遍履悬崖经万险，始凌绝顶赏千奇。
唐松汉柏连天碧，玉观琳宫与日齐。
欲采岩花簪两鬓，不知足已跨虹霓。

注："玉观琳宫"，指华山之云台观、白帝宫、金天宫、镇岳宫、翠云宫及亭台楼阁祠庙等许多建筑。

万顷松涛泼眼凉，仙人掌上捧朝阳①。
天池雁落重霄迥②，玉井莲开四季香③。
已讶呼吸通帝座，岂无咳唾化琼浆？
题诗更有奇峰待，试倩苍龙负锦囊④。

二○○四年十月

注：①仙掌，亦称仙人掌，在朝阳峰北侧。②落雁峰有仰天池。③玉女峰西有玉井，传说井中生千叶白莲，然韩愈《古意》"华岳峰头玉井莲，花开十丈藕如船"等句。注家或以为咏莲花峰。④华山苍龙岭作苍龙飞腾状。

泰山南天门

休夸已过十八盘，一入天门眼界宽。
更上日观峰顶望，始知天外有青天。

二○○七年十月

黄河壶口瀑布

万险千滩只等闲，直奔大海气无前。
悬崖一跃风雷吼，怒浪狂涛泻九天。

二○○七年十一月

甘肃光明峡倒吸虹

光明峡水碧融融，巧夺天工倒吸虹。
休叹荒山无寸草，笑迎林海绿千峰。

二○○七年十一月

陆湖讴

　　烽烟消旧垒，妙手绘新图。筑起长堤大坝，截断奔腾陆水，百里造澄湖。助发电，资养殖，便运输。灌溉八方沃土，万象尽昭苏。赤壁名城开玉镜．楚天丽景耀明珠。名扬遐迩万人游，鸟欢呼。

　　诗词会，我来初。乘兴烟波纵艇，风光画不如。重峦叠嶂环抱，雾鬓云鬟隐现，天际舞仙姝。时见萦青溢翠，千岛态各殊，珍禽栖异树，沙暖浴双凫。自叹垂垂老矣，安得此地结茅庐；偕吾妇，共读书！

二○○二年五月

屠 岸

屠岸，1923 年生，江苏常州人。历任中国戏剧家协会研究室副主任，人民文学出版社总编。著有《萱荫阁诗钞》《屠岸十四行诗》等。

漳河碧浪

漳河碧浪射岧峣，慰我平生第一漂。
水笑山呼群鸟唱，低昂天地一诗豪！

翠枫山（三首）

山水原生态，林中不计时。
藤蛇盘翠壁，石虎跃青池。
孙女滔滔讲，健翁细细思。
绿云头上过，不觉夕阳迟。

松针落满地，石径软如棉。
手挽金银木，心悬化外天。
姑娘依祖父，缘分自天然。
我欲乘风去，长眠万佛山。

绿荫罩山道，十月婴儿笑。
嫩叶拂童颜，鲜花拥襁褓。
绵公鸡展翅，旱柳枝环绕。
生命火长明，睿章名姓好。

注：路遇婴儿，名郝睿章。郝好同音。

登悬空寺

恒山拔地倚天横，觌面重崖立翠屏。
一寺危悬凭绝吊，千阶宛转入空明。
画楼腾掷廊檐错，彩栈飞流殿阁迎。
此日登攀思罔极，只看云鸟没芜菁。

厦门灯火

远望厦门烟霭中，水天一线紫云重。
夕阳陡坠光明灭，夜气徐来色淡浓。
灯市镶空烁璎珞，仙街腾浪巧玲珑。
北辰垂展铺天翼，海峡东西一体同。

九寨沟原始森林

汪洋万树怒涛掀，翠壁飞升日月边。
朽木横斜留腐殖，藓苔挥洒遍花原。
风摇箭竹浮云海，雾托红松上碧天。
听得清歌穿密叶，执缰藏女正扬鞭！

冰城赞

北国银都铁血城，太阳岛上雪霜凝。
珠河正气冲牛斗，濛水军魂薄晓星。
搴去雾帘金灿灿，展开冰帐玉盈盈。
抗洪塔下群英在，何惧松花再沸腾！

放眼神州

放眼神州心气佳，春风骀荡绿天涯。
林畴万顷炫新荨，花树千枝醉晓霞。
渤海繁弦迎旭日，燕山重彩绣京华。
清明蹀躞雄碑侧，泪洒金河激浪花！

长河碧浪

长河碧浪远连天，大雁群飞虹彩旋。
连日高谈劳口舌，通宵构想竭心田。
欲芟败笔三更起，为续清辞破晓眠。
帘外晨曦明似火，文章安得待来年！

登景山万春亭

秋来豪气满都城，极目长空万里晴。
一顶飞金追白日，千门点彩伴红旌。
险夷浪逐悲和喜，反正花萌暗复明。
卅载崎岖磨胫骨，迎风直上万春亭。

贺敬之

贺敬之，1924 年生，山东峄县人。文化部原副部长、中宣部原副部长，鲁迅文学院原院长。著有《贺敬之诗选》《贺敬之文艺论集》《贺敬之文集》等。

登延安清凉山

我心久印月，万里千回肠。
劫后定痂水，一饮更清凉。

登岱顶赞泰山

几番沉海底，万古立不移。
岱宗自挥毫，顶天写真诗。

大观西湖

大观西湖识壮美，九天峰飞仰岳飞。
于谦青白悬白日，千秋碧水接苍水。

长白山天池短歌

仰观悬河来远天，滔滔史卷并诗篇。
几经炎凉解深意，读瀑凝思天豁前。

游崂山

黄山尽美恐非真，山川各异似才人。
崂山逊君云入海，君无崂山海上云。

过镜泊湖

君心未眠奔地火，曾误君名为静波。
心托明镜非冥静，日运月行此中泊。

阳朔风景

东郎西郎江边望，大姑小姑秋波长。
望穿青峰成明月，诗仙卓笔写月光。

游九寨沟

银峰雪谷会众神，重海叠瀑醉客心。
我行步步白发减，彩池一照少年身。

咏烟台

神驼待飞饮碧海，向天大道此日开。
佳音惹人尽东望，高耸驼峰是烟台。

登岳阳楼

忧乐真见范公记，乾坤几浮杜甫诗。
浩浩洞庭催来者，岳阳楼上待新辞。

登武当山

七十二峰朝天柱，曾闻一峰独说不。
我登武当看倔峰，背身昂首云横处。

咏黄果树大瀑布

为天申永志，为地吐豪情。
我观黄果瀑，浩荡共心声。
怒水千丈下，破险万里征。
谁悲失前路，长流终向东。

叶嘉莹

叶嘉莹，女，蒙古族，1924 年生，北京人。加拿大不列颠哥伦比亚大学终身教授，南开大学教授、博士生导师，中华诗词学会顾问，中央文史研究馆馆员，中华诗词终身成就奖获得者。

祖国行长歌

此诗为一九七四年第一次返国探亲旅游时之所作。当时曾由旅行社安排赴各地参观，见闻所及，皆令人兴奋不已。及今思之，其所介绍，虽不免因当时政治背景而或有不尽真实之处，但就本人而言，则诗中所写皆为当日自己之真情实感。近有友人拟将此诗重新发表，时代既已改变，因特作此简短之说明如上。

卅年离家几万里，思乡情在无时已。
一朝天外赋归来，眼流涕泪心狂喜。
银翼穿云认旧京，遥看灯火动乡情。
长街多少经游地，此日重回白发生。
家人乍见啼还笑，相对苍颜忆年少。
登车牵拥邀还家，指点都城夸新貌。
天安门外广场开，诸馆新建高崔嵬。
道旁遍植绿荫树，无复当日飞黄埃。
西单西去吾家在，门巷依稀犹未改。
空悲岁月逝骎骎，半世蓬飘向江海。
入门坐我旧时床，骨肉重聚灯烛光。
莫疑此景还如梦，今夕真知返故乡。
夜深细把前尘忆，回首当年泪沾臆。
犹记慈亲弃养时，是岁我年方十七。
长弟十五幼九龄，老父成都断消息。
鹡鸰失怙紧相依，八载艰难陷强敌。

所赖伯父伯母慈，抚我三人各成立。
一经远嫁赋离分，故园从此隔音尘。
天翻地覆歌慷慨，重睹家人感倍亲。
两弟夫妻四教师，侄男侄女多英姿。
喜见吾家佳子弟，辉光仿佛生庭墀。
大侄劳动称模范，二侄先进增生产。
阿权侄女曾下乡，各具豪情笑生脸。
小雪最幼甫七龄，入学今为红小兵。
双垂辫发灯前立，一领红巾入眼明。
所悲老父天涯殁，未得还乡享此儿孙乐。
更悲伯父伯母未见我归来，逝者难回空泪落。
床头犹是旧西窗，记得儿时明月光。
客子光阴弹指过，飘零身世九回肠。
家人问我别来事，话到艰辛自酸鼻。
忆昔婚后甫经年，夫婿突遭囹圄系。
台海当年兴狱烈，覆盆多少冤难雪。
可怜独泣向深宵，怀中幼女才三月。
苦心独力强支撑，阅尽炎凉世上情。
三载夫还虽命在，刑馀幽愤总难平。
我侪教学谋升斗，终日焦唇复瘏口。
强笑谁知忍泪悲，纵博虚名亦何有。
岁月惊心十五秋，难言心事苦羁留。
偶因异国书来聘，便尔移家海外浮。
自欣视野从今展，祖国书刊恣意览。
欣见中华果自强，辟地开天功不浅。
试寄家书有报章，难禁游子喜如狂。
萦心卅载还乡梦，此际终能夙愿偿。
归来故里多亲友，探望殷勤情意厚。
美味争调饫远人，更伴恣游共携手。
陶然亭畔泛轻舟，昆明湖上柳条柔。
公园北海故宫景色俱无恙，
更有美术馆中工农作品足风流。

郊区厂屋如栉比，处处新猷风景异。
蔽野葱茏黍稷多，公社良田美无际。
长城高处接浮云，定陵墓殿郁轮囷。
千年帝制兴亡史，从此人民做主人。
几日游观浑忘倦，乘车更至昔阳县。
争说红旗天下传，耳闻何似如今见。
车站初逢宋立英，布衣草笠笑相迎。
风霜满面心如火，劳动人民具典型。
昔日荒村穷大寨，七沟八梁惟石块。
经时不雨雨成灾，饥馑流亡年复代。
一从解放喜翻身，永贵英雄出姓陈。
老少同心夺胜利，始知成败本由人。
三冬苦战狼窝掌，凿石锄冰拓田广。
百折难回志竟成，虎头山畔歌声响。
于今瘠土变良畴，岁岁增粮大有秋。
运送频闻缆车疾，渡漕新建到山头。
山间更复植蔬果，桃李初熟红颗颗。
幼儿园内笑声多，个个颜如花绽朵。
革命须将路线分，不因今富忘前贫。
只今教育沟中地，留与青年忆苦辛。
我行所恨程期急，片羽观光足珍惜。
万千访客岂徒来，定有精神蒙洗涤。
重返京城暑渐消，凉风起处觉秋高。
家人小聚终须别，游子空悲去路遥。
长弟多病最伤离，临行不忍送登机。
叮咛惟把归期问，相慰归期定有期。
握别亲朋屡执手，已去都门更回首。
凭窗下望好山河，时见梯田在陵阜。
飞行一霎抵延安，旧居初仰凤凰山。
土窑筹策艰难日，想见成功不等闲。
南泥湾内群峦碧，战士当年辟荆棘。
拓成陕北好江南，弥望秧田不知极。

白首英雄刘宝斋，锄荒往事话蒿莱。
遍山榛莽无人迹，畦径全凭手自开。
丛林为幕地为床，一把镢头一杆枪。
自向山旁凿窑洞，自割藤草自编筐。
日日劳动仍学习，桦皮为纸炭为笔。
寒冬将至苦无衣，更剪羊毛学纺织。
所欣秋获已登场，土豆南瓜野菜香。
生产当年能自给，再耕来岁有馀粮。
更生自力精神伟，三五九旅声名美。
从来忧患可兴邦，不忘学习继前轨。
平畴展绿到关中，城市西安有古风。
周秦前汉隋唐地，未改河山气象雄。
遗址来瞻半坡馆，两水之间临灞浐。
石陶留器六千年，缅想先民文化远。
骊山故事说明皇，昔日温泉属帝王。
咫尺荣枯悲杜老，终看鼙鼓动渔阳。
宫殿华清今更丽，辟建都为疗养地。
忆从事变起风云，山间犹有危亭记。
仓促行程不可留，复经上海下杭州。
凌晨一瞥春申市，黄浦江边忆旧游。
跑马前厅改医院，行乞街头不复见。
列强租界早收回，工厂如林皆自建。
市民处处做晨操，可见更新觉悟高。
改尽奢靡当日习，百年国耻一时消。
沪杭线上车行速，风景江南看不足。
采莲人在画图中，菜花黄嫩桑麻绿。
从来西子擅佳名，初睹湖山意已倾。
两岸山鬟如染黛，一奁烟水弄阴晴。
快意波心乘小艇，更坐山亭沦芳茗。
灵鹫飞来仰翠峰，花港观鱼爱红影。
匆匆一日小登临，动我寻山幽兴深。
行程一夕忙排定，便去杭州赴桂林。

桂林群山拔地起，怪石奇岩世无比。
游神方在碧虚间，盘旋忽入骊宫底。
滴乳千年幻百观，瑶台琼树舞龙鸾。
此中浑忘人间世，出洞方惊日影残。
挂席明朝向阳朔，百里舟行真足乐。
漓江一水曳柔蓝，两岸青山削碧玉。
捕鱼滩上设鱼梁，种竹江干翠影长。
艺果山间垂柿柚，此乡生计好风光。
尽日游观难尽兴，无奈斜阳已西暝。
题诗珍重约重来，祝取斯盟终必证。
归途小住五羊城，破晓来参烈士陵。
更访农民讲习所，燎原难忘火星星。
流花越秀花如绮，海珠桥下珠江水。
可惜游子难久留，辜负名城岭南美。
去国仍随九万风，客身依旧似飘蓬。
所欣长夜艰辛后，终睹东方旭影红。
祖国新生廿五年，比似儿童甫及肩。
已看头角峥嵘出，更祝前程稳著鞭。
腐儒自误而今愧，渐觉新来观点异。
兹游更使见闻开，从此痴愚发聋聩。
早经忧患久飘零，糊口天涯百愧生。
雕虫文字真何用，聊赋长歌纪此行。

丁 芒

丁芒，1925 年生，江苏南通人，当代著名诗人、文艺评论家，现为中华诗词学会顾问、中国散文诗学会副主席。已出版《丁芒诗词曲选》《丁芒诗论》《古韵新风——当代诗词创新作品选辑·丁芒作品集》等著作。

广德竹海

眼系青鹰翼，波涛万里行。
浪随山脊涌，风逐海声轻。
春雾翳晴影，秋氛滴露鸣。
潜身入冷翠，不觉已冰心。

九溪秋游

双车直指秋山道，落叶追风到处飞。
龙井清泉凉入齿，狮峰湿雾绿沾衣。
九溪水瘦流红去，十八涧深载冷回。
读罢文章惊回顾，漫天细雨正霏霏。

黄山写意

岂敢为诗甘守拙，欲从云雾乞空灵。
先攀悬壁三千级，再数飞流万片金。
远岛沉浮腾海沫，高松呼吸作天声。
吾今始得黄山意，实在虚中更有神。

张家界

云绕深溪雾绕峰，湘西夏日绿偏浓。
青岩紫草吹鱼浪，黄石丹砂拂鹰风。
罗汉金鞭挥落日，古枫幽径醉秋红。
人生不到张家界，百岁何能叫老翁。

游九曲溪

三十六峰争泼绿，溶成九曲碧琉璃。
冲滩碎影飞空细，送筏轻歌掠水低。
神话弥天开妙悟，遐思得象启玄机。
收来十里罗纹纸，写尽胸中半日奇。

歌风台

亲临千古龙飞地，顿觉胁边壮气生。
野草荒台成旧迹，诗碑古井凿新痕。
大风须唱万千调，守土应传十亿人。
还请刘邦勤献酒，忧民忧国寄精神。

屯溪青影

屯溪青影绕窗流，一篙春风过画楼。
远近飞峦成浅渚，高低爱眼觅盟鸥。
平桥怀月抒长志，小叶题诗散细愁。
未入黄山先沐雨，万般香梦滴心头。

北京香山晤友

暂借香山作夏吟，风帘未卷满蝉音。
云间鹰鹤时窥案，草底鹪鹩欲奏琴。
夜气侵窗抒快语，晨光照室壮雄心。
敢将畅想回天策，染得红枫万片深。

溧阳擎天界

擎天界上可擎天，四顾云霞信手牵。
林海苍波腾碧落，龙潭玉色袅银烟。
八方风雨来颔下，百里山河列眼前。
脚底红尘高万丈，开怀一笑越千年。

游净月潭森林公园

羡煞长春一氧吧，潭中有月灿如花。
千年乔木罗天翠，万片鳞波送日斜。
鸟语穿幽香透脑，蝶飞织锦韵沾霞。
森林浴罢胸怀净，腕底清风拂远涯。

常德诗墙赞

沅江波浪开新酿，十里诗墙说古今。
历代流光凝石语，百年铁血铸哀音。
满堤珠玉腾香韵，附壁龙蛇走壮情。
碧水洗碑浮海去，映天彩句灿如星。

花岩溪

岩上草花醉不收，碧螺旋顶气沉浮。
蝉声穿夏随烟淡，雁影横秋蘸雨稠。
观景台高翔远梦，涉溪水暖却重愁。
压林万羽风吹绿，一笑金陵白鹭洲。

咏抗日山

抗日山前沐海风，回思半纪气还雄。
英名镌石沉如铁，热血淋岩火样红。
风举墓碑遥振臂，野凝新绿畅抒胸。
一声抖擞威犹在，隔海东条贯耳聋。

　　注：赣榆西有抗日山，埋抗日烈士七百五十余忠骨。墓碑镌
名者三千五百七十六位，包括符竹庭、彭雄、田守尧、何万祥及
国际友人希伯、金野博等。

咏长城

群山锁起供磨刀，砺我中华剑气豪。
枕畔千年风雨夜，城头十万马萧萧。

刘　征

刘征，1926 年生，北京人，现为中华诗词学会名誉会长、《中华诗词》名誉主编，中华诗词终身成就奖获得者。著有《岁朝集》《蓟轩词注》《古韵新风——当代诗词创新作品选辑·刘征作品集》等。

念奴娇·过华山漫想

娲皇当日，向人间遗落，几多灵石？化作芙蓉青玉色，削出蓓蕾千尺。万劫升沉，百王争战，不减亭亭直。问花开否？花曰自有开日。

而今雪霁冰融，风柔土沃，到了开时节，为洒银河天外雨，为照团圞明月。为闪霓虹，为鸣霹雳，花瓣轰然裂。冲天香阵，大寰齐舞蜂蝶。

一九七九年三月，赴兰州途中

临江仙·访娄山关

太古双尖应是海，怒涛凝作苍山。山头乔木记当年。残阳明赤帜，万马越雄关。

不复悬肠一径险，而今大道夷宽。西风仍解送征鞍。松声来骤雨，雁阵叫长天。

一九八一年九月贵阳

注：娄山关附近有大尖山、小尖山。

水调歌头·望九华山云海

云与山相戏，百变幻山容。重重蔽天青嶂，转眼觅无踪。忽作茫茫大海，但见涛头百怪，踊跃竞腾空。忽作千崖雪，琢玉白玲珑。

忽奔狮，忽走象，忽游龙。忽作注坡万马，散乱抖长鬃。忽作往来天女，含笑低眉下望，飘卷袖如虹。转眼云消散，万壑响松风。

一九八二年八月九华山

八声甘州·夜过黄河

看奔云走月众星摇，洪流倒长天。莽大风忽起，鱼龙腾踔，滚滚飞湍。一线中分南北，千里起苍烟。独鸟盘空去，高影生寒。

江海遨游未倦，问滔滔秋水，今夕何年？欲倒倾银汉，一为洗尘颜。待澄清、波心数鲤；更分流、荒漠灌椒兰。斯未远，梦东驰万马，蹴浪如山。

一九八三年八月途中

沁园春·登泰山极顶

叱咤鞭虬，玉轵高驰，岱顶登临。览万尖脚底，山如蚁垤；一泓天外，海似蹄涔。左拍崖肩，右携松手，帝醉酣歌差可闻。曷归去，向飞星探问，高处寒温。

齐烟九点氤氲，算合向人间著此身。尚波清未澈，长河要浚；花香待遍，大野须耘。拔海三千，盘肠十八，险步登高证古今，划然啸，觉天风吹鬓，落雪缤纷。

一九八四年十二月泰安

南乡子·登黄鹤楼

快意赋登楼，岂有多情笑白发？极目大江东去浪，悠悠，淘尽人间万古愁。

云路好风柔，十载虞罗一例收。难得此心清似鹤，遨游，飞去飞来任自由。

一九八五年六月武汉

八声甘州·登白帝城西台

　　挟天风千仞访孤城，清秋上层台。瞰瞿塘峡口，云屯万马，江水西来。烟淡渚青沙白，风急鸟飞回。一霎潇潇雨，落木生哀。

　　见说登高老眼，当年曾到此，怅望天涯。揾纵横涕泪，三峡倒吟怀。甚文章、千秋仰止；却生前、潦倒没尘埃？凭栏听，砰訇震响，万壑惊雷。

一九八九年十月，奉节

南乡子·访天涯海角

　　何处驻征车？万里琼州燕子家。浩浩天风吹鬓雪，休嗟，究诘人天殊未涯。

　　巨石卧滩沙，颇有遗材笑女娲。石若有情应不老，发芽，爆山峻嶒百丈花。

一九九一年五月，三亚

桂枝香·登嘉峪关

　　西寻梦路，逐河汉飞星，玉鸾初驻。陡起危楼，恰受远人游目。黄沙莽莽粘天地，凛秋寒、大荒垂暮。篆云生幻，驼铃自祷，残阳无语。

　　堕空阔、众神皆死，并我亦消亡，亦失今古。忽返洪荒，巨浸浪翻风怒。两间初诞娲娘小，闪明眸才解回顾。者番应是，千莺万蝶，早红新绿。

一九九二年，嘉峪关

注：时正值七夕。

水调歌头·登岳阳楼

不负湖山约，今得赋登楼。滔滔吴楚斯割，秋水拍天浮。千里潇湘风雨，万古人间歌哭，天地入浮沤。明灭君山影，我欲驾青虹。

问人生，缘底事，堕繁忧？好凭烈风高浪，浩荡送行舟。大笑问今何世？真向高寒去，星际小勾留。唤起湘灵瑟，清壮发新讴。

一九九七年十一月岳阳

扬州慢·卢沟桥凭栏

水涸寒沙，堤消残雪，柳梢才著鹅黄，倩春风扶醉，垂老步河梁。难磨灭几番风雨，桥头弹洞，犹诉沦亡。漫凭栏，天地悠悠，默数沧桑。

当年稚小，也惊心、弃甲仓皇。记折剑横眉，戎衣渍血，父老壶浆。回首烟尘都散尽，匆匆去、背影难忘。看狻猊跃起，声声长啸春阳。

一九九八年四月

注："七七事变"那年，我十一岁。老家离卢沟桥仅二十多公里。听到隆隆枪炮声，老乡惊走相告"宋哲元的大刀队同日本鬼子打起来了"。次日，忽然沉寂，老乡惊恐，说"败兵下来了"，纷纷逃避。我家没有跑，约近中午，走来两个士兵，浑身泥血，还背着枪，过家门索饮食。父亲拿出馒头、咸菜和开水，两个士兵大口吞咽。父亲问何故败退，他们失声痛哭，大喊："上头不让打啊！"问："到何处去？"答："找部队去！"说罢向南疾步而去。此事留给我的印象极深，事隔七十多年，仍如在目前。另有文记之。

水调歌头·登井冈山写感

　　绝代丹青手，彩绘井冈山。崇楼广陌高下，万竹翠含烟。百战艰难往迹，步步斑斑碧血，慷慨想当年。天地悠悠意，怆恻欲何言。

　　起玉龙，三百万，搅周天。一炮天惊石破，指掌换人间。隔断千山风雨，盈耳皇仁颂曲，英气惜消残。欲揽青天月，高处不胜寒。

二〇〇二年六月

登南岳祝融峰

　　长松十万啸天风，路转山回上祝融。
　　行到眼空无一物，始知身在最高峰。

为石河子周总理纪念馆诗碑作

　　生为古柏常栖凤，死有春蚕未吐丝。
　　休道莽苍无祭处，人间随地是丰碑。

溯西陵峡

　　晓溯西陵峡，连山一线开。
　　浪抛人俯仰，船逐鸟飞回。
　　既改江山旧，何须猿狄哀。
　　知谁试新咏，自有滴仙才。

欧阳鹤

欧阳鹤，1927 年生，湖南长沙人，教授，高级工程师。中华诗词学会、中国楹联学会顾问。著有《欧阳鹤诗词选》《鸣泉集》《欧阳鹤诗文选》等。

严子陵钓鱼台

舟赴严滩上翠微，钓台缅史自徘徊。
冠裳一掷成高士，廊壁长留是颂碑。
众口云云皆说项，吾心戚戚独言非。
世人若尽思归隐，天下兴亡可望谁？

西江月·黄龙洞

底事蛰居幽洞？何时重返蓝天？潜藏鳞甲度流年，只盼时来运转。

四海风生水起，九州地覆天翻。期君腾雾出深山，畴昔雄风再现。

踏莎行·桂平龙潭国家森林公园

壑起轻岚，峰飘薄雾，垂青滴翠芳菲路。银河泻瀑落澄潭，龙翔凤翥飞珠雨。

诸岳尝登，五湖曾旅，风光醉我宁如许？耆翁尚有梦中情，他年卜宅溪山住。

临江仙·九寨水

　　试问环球何处水，堪侔此地斑斓？澄湖如镜五花妍，彩林成倒影，孔雀戏河湾。
　　许是玉皇颁圣旨，天心泽惠人间。银河琼液泻尘寰。神工开胜境，藏寨蔚奇观。

水调歌头·桂林两江四湖

　　湛湛四湖静，冉冉两江流。龙飞凤舞，穿城过市驾扁舟。桥上彩虹千道，水上鳞波万顷，月色照当头。痴望境如梦，遐想际天浮。
　　泛漓江，访阳朔，几回游。暌违数载，何期旧迹又新修。从此桂林山水，更可名扬天下，美景有谁侔。环宇观光客，一览醉方休。
　　注：两江指漓江、桃花江，四湖指榕湖、杉湖、桂湖、木龙湖。

镕基赞

　　板荡神州盼俊才，无边风雨送君来。
　　百年积弱须重振，万里河山待剪裁。
　　皆言君本朱皇后，叵耐苍天偏不佑。
　　疑将大任降斯人，遂教苦难先尝够。
　　凄风苦雨笼长沙，冰封大地发寒芽。
　　含辛茹苦亲何在？怙恃双亡幼失家。
　　东瀛灭我刀兵逼，将士无能竟逃逸。
　　名城一火万家焚，天涯何处堪容膝。
　　求学艰难一少年，家亡国破几颠连。
　　夙兴夜寐书勤读，击楫中流欲挽天。

抗战伤亡人不计，劫后重生呼胜利。

何期内祸又萧墙，弥天烽火重燃起。

欣登高榜入清华，十载寒窗捧玉瓜。

天下兴亡为己任，书生救国夜鸣筘。

神州龙战争朝夕，风雨鸡鸣催晓急。

天旋地转变乾坤，人民做主共和立。

茅庐初出绽新葩，小试牛刀誉倍加。

展望前程花似锦，卢生一梦到天涯。

玉庭乍怒风雷袭，霎那晴天飞霹雳。

忠言逆耳豆其煎，禹甸儒冠皆掩泣。

梦坠空云齿发寒，男儿有泪不轻弹。

廿年蝼曲心难曲，黄卷青灯志未残。

大地春回葬"文革"，万里江山再生色。

尧疆百废待中兴，呼唤人才声切切。

何堪美玉久沉埋，一朝焕彩出尘埃。

囊锥脱颖锋初现，鸣凤朝阳震九垓。

雷厉风行主经委，根除积弊从无畏。

质量严求技改精，生产经营初上轨。

百年老埠叹湮沉，沪上欣逢市长新。

振聋发聩频筹策，催趁东风夺上林。

清廉从政身垂范，经济腾飞新貌现。

三年治沪建殊勋，千万市民交口赞。

抢才抢德入中枢，一朝机遇便何如？

经纶满腹凭施展，不负生民寄望殊。

又是神州经济热，泡沫横飞如卷雪。

物价飙升马脱缰，跃进劣根锄未绝。

抽紧银根斩乱麻，一棒当头猛刹车。

宏观调控软着陆，力挽狂澜见曙霞。

初遴摈首誓言洪，硬语盘空震宇穹：

深渊万丈身何惧？地雷铺阵我偏冲，

鞠躬尽瘁死而已，一往无前辟路通。

听罢掌声长不断，座上无人不动容。

金融大鳄兴波乍，台风席卷东南亚。

汇率堤崩物价飞，昔日繁荣今饼画。

直面狂涛智不昏，运筹帷幄挽沉沦。

力排众议稳币值，砥柱中流誉四邻。

九州洪水祸频加，怒骂工程豆腐渣。

老泪纵横亲决策，速固江堤万姓夸。

全球经济低迷久，市场萧条成掣肘。

扩大投资促内需，唯我中华枝独秀。

折冲樽俎破重关，入世经年历万难。

一会多哈锤落定，全球经贸更争先。

浩浩荡荡今不见，濯濯童山沙暴卷。

退耕还水更还林，定使城乡生态转。

国企今逢改革秋，农村致富更牵愁。

千头万绪心操碎，旰食宵衣苦运筹。

弘扬国粹冰霜重，大雅薪传谁与共？

甘棠厚爱及诗词，华裔吟魂情激动。

君知否？五年总理岂寻常，华夏中兴国有光。

人大掌声民誉在，英名赢得五洲扬。

诚知说项难为听，人心自有公平秤。

聊歌一曲赞镕基，功过千秋留史定。

满江红·焦裕禄

重造河山，来初地，襟怀何烈。瞠目望，黄河故道，风沙蔽日。洪涝祸农难稼穑，碱盐狭地铺霜雪。除三害，赤胆为生民，争朝夕。

排难进，无休息；沉疴困，身何惜。只殚精竭虑，尽心倾力。壮志未酬人已逝，遗言尚在情何激：葬沙丘，伫看后来人，沙丘易。

林从龙

　　林从龙，1928 年生，湖南省宁乡县人。历任河南省文史研究馆馆员，《中州诗词》主编，中华诗词学会顾问，河南诗词学会会长，中国杜甫研究会副会长。享受国务院政府特殊津贴。著有《元好问和他的诗》《林从龙诗文集》等。

题凤凰楼

冰封雪压几千秋，北国风光一望收。
试问赏心何处好，故宫高处凤凰楼。

过长平古战场

寻诗喜赴晋东南，锦绣江山带笑看。
忽过秦军坑卒处，萧萧荒冢暮云寒。

老龙头

秦代长城接海隅，枕骸遍野古今嗟。
中华崛起开新局，关外关中是一家。

澄海楼

波环山岛岛相连，想见沧桑几变迁。
天下归心三代表，云开日出晓霞妍。

咏大理苍山

十九峰中十八湾，组成图画自天然。
英豪费尽移山力，不到苍山白雪边。

游北戴河

燕赵英豪气，长留北戴河。
东临观碣石，大雨起雄歌。
琼玉新楼密，繁阴秀木多。
衣冠来万国，同庆息干戈。

怀念毛泽东主席

万户蒿莱皆墨面，元元长叹夜深沉。
韶峰春色来天地，华夏风云变古今。
鬼域时时遭巨斧，神州处处沐甘霖。
目营四海劳筹远，举国咸钦济世心。

蔡厚示

蔡厚示，笔名艾特。1928 年生，江西省南昌市人。曾任厦门大学中文系副教授、福建社会科学院文学研究所研究员。现为中国作家协会会员、中华诗词学会顾问。著有《诗词拾翠》《李璟李煜词赏析集》《独柳居诗词稿》《唐宋词鉴赏举隅》《黄庭坚词风管窥》《南唐二主及冯延巳词传》等。

游梅岭关

幼慕张源水，今瞻梅岭关。
千峰连赣粤，雄踞白云间。

回武夷

一十四回回武夷，滩声筏影总相思。
何当化石山头立，看到风烟俱净时？

游禺峡

望峡疑无路，穿山别有天。
白云争出岫，绿水逆行船。
风外抛尘想，毫端结雅缘。
飞霞招我宿，竟夕此流连。

游长白山天池

久羡白山景，天池风物殊。
红松遮四野，雪岭绕平湖。
瀑布当空挂，遄流振鬣呼。
千般尘世乐，得似此间乎？

登福州镇海楼

久仰屏山伟，今登镇海楼。
拾阶四百步，驱散一天愁。
俯挹榕林翠，远观闽水流。
欣闻能守牧，长察下民忧。

夕抵敦煌

无边瀚海鸟难飞，士子联翩出武威。
大漠风吹初月上，驼铃声送夕阳归。
二更天色犹莹澈，四面山光始式微。
最喜玉门关外地，瓜香缕缕畜禽肥。

重泛湘江

赏心一艇泛中流，老去新诗怕说愁。
已过吉凶浑忘却，拟居郊野好销忧。
一江浪涌长沙市，千树云封橘子洲。
我与湘娥重莅此，丹枫如画闪明眸。

尹 贤

尹贤，本名尹贤绪，1929 年生，四川省广安市武胜县人。兰州交通大学高级讲师。《陇风》诗书画刊原主编。著有《唐诗绝句选讲》《爱国诗词选讲》《诗韵手册》《望蜀斋诗文集》《诗词写作指导》《新韵诗词曲选评》等。

庐山赞

雨霁云收万象明，庐山大树骨铮铮。
将军已去声犹在，夜夜松涛似海鸣。

咏汉霸二王城

南倚群山北控河，二城虎踞峙干戈。
争王争霸君恩少，为墓为墟民怨多。
一国古难分统治，五洲今可互观摩。
鸿沟似砥通欧陆，地下双雄应合和。

观重庆市容有感

高楼华厦满渝州，车道环江金玉流。
自有和谐西子舞，应无风雨少陵忧。
雷霆能扫一衙恶，村镇难割十载瘤。
舜日尧天何处是，渚清沙净聚白鸥。

浪淘沙·维多利亚港

海阔水波平，树绿天青。吊车货柜影纵横。万国旗飘船出进，汽笛常鸣。

昏夜落繁星，两岸华灯。炎黄儿女笑相迎。戏说维多利亚港，可换新名？

沁园春·成都

十里长街，洁净无尘，花木葱茏。看重楼耀日，玉台焕采；华灯映月，锦水摇红。市列珠玑，店多美食，丝管悠扬入夜空。沟渠网、布四围平野，岁岁粮丰。

名都天府声隆。兴西部、八方架彩虹。有机飞京港，往来快捷；车驰乌沪，客货流通。工部堂前，武侯祠内，苔印华洋游侣踪。新世纪，喜热风吹雨，春色深浓。

水调歌头·蜀道

蜀道古时辟，岂止五丁功！天梯石栈相接，穿峡又涵泷。过了秦巴鸟道，还有狼牙峻岭，七十二高峰。硬凿剑门缝，屹立一关雄。

天地转，人世变，物华丰。陵驰车队，山腹长洞走乌龙。诸葛屯兵故垒，苍翠如云巨柏，迎客坐春风。胜迹千秋在，人力借天工。

程毅中

程毅中，1930 年生，江苏苏州人。中央文史研究馆馆员。古典文学编辑和古籍整理专家。曾任中华书局副总编辑。

游丽江（二首选一首）

俯视长江第一湾，金沙滚滚绕青山。
默祈此水东流去，莫酿灾情起恶澜。

广西纪行（七首选一首）

阳朔江山天下秀，丰鱼岩洞世间奇。
桃源仙境原非梦，只恐重来路已迷。

泛九曲溪

乘筏漂浮九曲溪，顺流曲曲出新奇。
山回水转皆仙境，不负此行到武夷。

登庐山

常年云雾多生处，顷刻阴晴突变时。
识得庐山真面目，近看远望总相宜。

天星湖（二首）

盆景回旋入画图，千枝万笏出平湖。
园林若论天然趣，自叹吾吴是小巫。

树从岩石缝中出，人在莲花墩上行。
飞瀑流泉千百叠，遥看真似满天星。

喜迎香港回归悼念邓小平同志

屈指天天倒计时，来归香港略嫌迟。
百年好梦成真日，万众追思设计师。

入蜀纪行（四首）

四川自古负文名，想望多年梦锦城。
蜀道如今难变易，无从驴背觅诗情。

少看演义迷诸葛，老学唐诗仰杜陵。
岂是成名因入蜀，自缘入世为苍生。

试从金顶认峨眉，雾里看山又一奇。
恐有神仙藏洞府，布云遮路使人迷。

建福宫中读古碑，青城山上访神祠。
飞仙剑侠知何在，却见唐装女炼师。

钟家佐

　　钟家佐，1930 年生，广西壮族自治区贺州市人。广西政协第六、七届副主席，现为广西书法家协会名誉主席、中华诗词学会顾问、广西诗词学会会长。著有《钟家佐诗书》《醉石斋诗稿》《钟家佐诗词选》等。

题漓江半边渡（二首）

路断悬崖渡半边，崖前歌酒过游船。
游人争看此中景，谁识古今苦乐篇！

羊肠鸟道阻深湾，到此方知行路难。
绝境逢生何处是？半边渡口接阳关！

漓江九马画山（二首）

漓江水碧万山青，忽见云崖奔马惊。
刚烈无缰谁可驭，腾空破壁欲飞升。

天生神物半模糊，舟客争猜九骏图。
振鬣长嘶飞过处，催人奋发上征途。

旅　顺

甲午之战，日军屠城，全城 2 万人仅剩 36 人。

破堡残垣旧战场，屠城烹骨逞疯狂。

血腥罪证诏天下，国耻深仇恨虎狼。

登泰山

独尊五岳出云涛，万古登临足自豪。
共御天风观四海，中华同仰泰山高。

黄河颂

一泻昆仑入海门，黄龙摇首卷风云。
襟怀浩荡临天下，万古长歌民族魂。

黄山排云亭

翠谷奇峰眼底开，山岚卷雾又重来。
浮云缥缈为天幕，大地苍茫作舞台。
今古悲欢随逝水，升沉荣辱化尘埃。
穷愁忧患能排否？但愿人间少祸灾。

十游漓江

击浪追舟忆少年，漓江偏结不离缘。
观山观水观诗画，宜幻宜真宜雨烟。
船作流觞人尽醉，峰如舞影梦回旋。
陶然一纵中流楫，天籁鸣琴我扣舷。

偕妻登华山，时年七十有六

攀越苍龙气自华，横空绝壁倚云霞。
雄居五岳一条路，险夺三巴万丈崖。
试我羸躯欣尚健，管他世事乱如麻。
相携扶石登巅顶，更探西峰落日斜。

登广西大容山

直上东南第一峰，登临纵目趁长风。
群山匍匐衣襟下，万象缤纷指掌中。
天地敞怀开画卷，古今挥笔涌诗雄。
我来蹑足云山路，独立悬崖问太空。

满庭芳·游黄龙景区

大壑高山，金鳞耀日，此间潜蛰黄龙。古人曾见，吞吐气如虹。谁识龙宫旧事，言难尽，雷雨汹汹。林泉下，万年归隐，能否步仙踪？

匆匆，过此处，神驰旷野，梦系鸿蒙。料天上人间，苦乐应同。休问鸡虫得失，莫辜负，过眼时空。人生路，山重水复，攀涉乐无穷。

杨金亭

杨金亭，1931 年生，山东宁津人。中华诗词学会顾问。曾任《诗刊》副主编、《中华诗词》主编。

黄山杂吟（六首选三首）

车过江南绿扑衣，稻香水媚识屯溪。
醉人最是萧萧竹，牵我诗情碧宇飞。

太平湖曳数青峰，倒立云岩水墨浓。
莫道秋来花事了，扶桑千树映山红！

登临人在画中行，迎客松青敞玉屏。
天外黄梅传绝调，万峰沉醉紫烟横。

夜宿凉城

蛮汉山高岱海清，山庄消夏枕寒星。
温泉浴罢尘心爽，一梦悠然醉绿城。

岱海泛舟

紫塞龙沙气象雄，仙湖曳梦觅仙踪。
轻舟摇碎云天影，惊起鸣鸥没远空。

车过绵阳三江大坝

富乐山高叠嶂雄，葱茏万木绿纵横。
层楼柳岸三江水，倒映绵城海蜃中。

五台山行吟七绝（四首）

飞檐斗拱逼云端，魏晋文明足壮观。
佛国由来清净地，当惊香火污庄严！

我心即佛色相空，五欲轻抛顺水东。
万道禅关一刹悟，美人如玉剑如虹。

凤尾香罗手把莲，慈眉含笑对人寰。
回眸敢问行香客，侬被烟熏谁敛钱？

有求必应匾纵横，叩地呼天谁个应。
移却三山人挺立，中华崛起赖苍生。

过仙人洞

劲松招手上遥空，拾级千寻踏险峰。
古洞仙人何处去，桃源一路下江东。

谒玉溪聂耳铜像

琴声啸夜醒山河，铁马秋风猛士多。
沧桑绿拥清平世，五星犹唱起来歌！

沈 鹏

沈鹏，1931年生，江苏江阳人。曾任中国书法家协会主席，现为中国书法家协会名誉主席，中央文史研究馆馆员。

岳阳楼

独踏晨曦上此楼，巴陵风物灿然收。
水天浩渺开宫阙，日月沉浮孕夏秋。
消长无心随浊滓，驻翔如意羡轻鸥。
画桡漫恋春光永，万顷平波慎覆舟！

一九八一年

天涯海角题壁

巨石洪荒千叠浪，远洋遥看绝疑仙。
"南天一柱"殷红字，顿觉人心似火燃。

一九九二年三月

天子山

地转天旋圆障中，景移寸步迥非同。
渊深俯久方成趣，仰首能招八面风。

一九九六年九月

上海南京路漫步

又是春风拂柳腰，比肩接踵亦逍遥。
新铺路石应知否？"五卅"枪声黄浦潮！
　　注："五卅"枪声，一九二五年五月三十日，上海各界的反
帝爱国运动遭到英国巡捕的开枪镇压，史称"五卅惨案"。

咸亨酒店

有客皆西服，无人着布衫。
回香豆味减，绍酒性微甜。
黑板无余债，红绫不负廉。
门前孔乙己，顾影尚羞惭。

二〇〇一年六月

黄山人字瀑

久雨初晴色色新，山光峦表逐层分。
路回忽听风雷吼，百丈飞流大写"人"。
　　注：人字瀑形如"人"字。高尔基云："人应该是大写的。"

扬州瘦西湖泛舟

溶溶漾漾绿无涯，影入平湖弄薄纱。
卧看岸前桃柳韵，会心三月有烟花。

二〇〇五年五月

上海黄浦江夜游

十里洋场夜未央，楼船来往织梭忙。
骄阳消息寻何处？散入吴淞七彩光。

二〇〇五年夏

过苏州天平山

白云泉水问源头①，身与范公形影游。
体味饔飧断齑粥②，从知天下乐和忧。

二〇一一年四月

注：①天平山有白云泉。②范仲淹断齑画粥事。

过长沙橘子洲

寒风催木叶，江上已萧森。
霜雪严如铁，橘橙荣若金。
关河回望远，岁月渐知深。
数问潮头事，浮沉直到今。

二〇一一年十一月

仰望天安门

一九四九年十月一日，余偕新华社训练班同学由上海抵达北京，仰立天安门前。

逝波回荡万人呼，新启长征昭日苏。
四海奔趋勤问道，盛时犹重魏公疏。

注：魏公，唐名臣魏徵。

小重山·游湖

四面垂杨深处鸣，昼蝉连一片、不暇停。画桡轻驾绕湖行，鱼泼剌，弹跳恨渔罾。

小避暑炎蒸，四Ａ新景点、赏心行。湖山处处竞瑶亭，湖水浅，高矮势难平。

二〇一二年七月

欢乐颂中轴线

八百沧桑幻巨龙，万千气象越时空。
箭声催动草原急，鼓点频添碧瓦浓。
大手笔无休止日，新时期更展长虹。
华章欢乐颂当世，道路条条环宇通！

二〇一三年七月二十一日

注：据悉一条暂名为欢乐颂的中轴线，将把传统北京中轴线大为延伸。

梁 东

梁东，1932 年生，安徽安庆人，曾任中华诗词学会常务副会长、《中华诗词》社社长，现为中华诗词学会顾问。著有《好雨轩吟草》等。

望儿山四望

莫待新雷归意迟，莫耽花发恋东枝。
他乡衿薄五更冷，料峭春寒儿可知？

千泓热浪送晴晖，一树鸣蝉我启扉。
四野流萤儿记否？万家灯火是催归。

伫望云天忆翠微，秋风过处雁南飞。
萧萧庭树炊烟冷，寂寞家山马不肥。

橘绿橙黄浑不知，千山木落夕阳时。
今冬不把寒衣寄，几度归期莫再迟！

藤州行

思罗河畔欲登舟，画意偏留天一陬。
几叠青山穿雾出，一湾碧水带沙流。
藤缠紫气拂庭树，云撒星光点竹楼。
岭外今朝风正好，秋晖融溢古城头。

鹧鸪天·温宿大峡谷

万折狂沙万卷书，苍茫一瞥任欷歔。
仙山驿路南犹北，人世关河有却无。
寻地纽，问天枢。时来万乘尽迷途。
运斤一舞诗千首，方识风云是大儒。

南乡子·淮河风光带诗墙

何处醉秋光？一望长淮浴夕阳。桐柏山行千里客，匆忙！梦里
中原小麦黄。

放眼对汪洋。奈得沧浪风雨狂。回首千秋多少事，苍茫。叩问
临河诗上墙。

广西桂平龙潭

烟水萦回山外山，腾空三线下龙潭。
接天林木层层立，叠翠巉岩节节攀。
千草瑶池波溅玉，五针松叶雾笼鬟。
幽深最是云中路，十里葱茏百道弯。

凤凰城

夕阳无计掩蓬莱，叠翠熔金次第开。
多脚危楼依水立，一川碧玉向东来。
土鸡腊肉锅粑饭，古渡长桥烽火台。
果是青山终不老，且从深巷问苍苔。

十万大山见"石上根缘"

物造天工称鬼雄，姻缘成就曲难终。
根连更遇三生石，意合原需九脉通。
一世相知生共死，百年好约异还同。
青山十万作明证，此志深藏块垒中。

追思焦裕禄（二首）

秋风家国系真情，天下饥寒魂梦惊。
忧济元元摧五内，辛勤夜夜走三更。
已从水鉴思民鉴，因厚苍生乐众生。
尽瘁甘心罹万死，域中处处唤英名。

旰时宵衣励志行，丰碑一日铸干城。
苍生犹唤恫瘝抱，砥节精忠万世清。

周笃文

　　周笃文，1934 年生，湖南省汨罗市人。中国新闻学院原教授、中外文化研究所所长。曾任《中国韵文学刊》副主编、中华诗词学会副会长兼秘书长、《中华诗词》常务副主编。现为中华诗词学会顾问、中华诗词研究院顾问。著有《全宋词评注》《宋词》《宋百家词选》《金元明清词选》《华夏之歌》《婉约词典评》《豪放词典评》《中华正气歌》及《影珠书屋吟稿》《影珠诗话》等。

大通江泅渡

击水扬波兴自豪，任它风急与天高。
阿郎家在江南岸，惯弄钱塘百尺潮。

大连夜色

大连湾是巨龙湾，抱海环山极壮观。
最喜照天长不夜，骊珠光焰压星躔。

八声甘州·彭德怀颂

　　是元戎蒙难黑牢时，沥血述文章。吐悲情万斛，人妖颠倒，热泪浪浪。孤苦少年身世，千厄炼纯钢。初试翻天手，义起平江。

　　百战奇勋盖世，更驱倭立国，抗美威扬。为生民请命，折角谏天王。炸庐山、万钧雷劈，蔺粉碎忠良。沉冤雪，看丰碑起，霄垠腾光。

望海潮·秦皇岛

山围平野，云连大漠，雄关险扼东溟。噀雨鲸呴，掀空蛟舞，图南可有鲲鹏，八表奋云征？看浪涛吞吐，淘尽豪英。叱石鞭羊，剩渔樵爨演兴亡。

千年旧说难凭。向危崖寄啸，喜见波澄。映日花鲜，涵空水碧，朝朝舞妙歌清。杯酒莫须停。游戏水晶域，鸥鹭休惊。最乐乘槎月下，朗咏逐潮生。

水调歌头·下三峡

太古城头月，伴我过夔州。冷光摇荡寒碧，清浪拥飞舟。束峡双门对起，百里天开一线，万嶂导江流。造化辟奇境，元气接昆丘。

揖神女，歌白帝，下黄牛。河山万里行遍，第一蜀中游。招手天边鸥鸟，试起苏辛李杜，煮茗斗清讴。云散日初上，霞外耸重楼。

水调歌头·海峡两岸诗家游永定土楼

谁种奇花朵，采采有光鲜。红尘隔断千丈，怒放万山间。历尽癫风猛雨，不改天然本色，伊甸现奇观。此是中华宝，香透百重关。

草芳菲，竹青翠，石巑岏。衣冠魏晋应似，一脉接桃源。杖履相陪诸老，携得海东仙侣，清兴浩无边。咳唾成珠玉，卓笔起云烟。

齐天乐·曹妃甸放歌

海疆福地曹妃甸，明珠焰光璀璨。造地吹沙，深洋筑港，伟矣中山遗愿。百年梦醒，正龙起沧溟，浪腾天半。牧海耕滩，钢城卅里顿时现。

如山巨轮泊岸，正长波摆荡，暾旭红满。构厦云连，喷油浪涌，井架天连涛远。词流振笔，竞声铿金石，万花飞旋。四象三才，共齐声礼赞。

八声甘州·大龙湫观瀑，有怀承焘师

廿载来圆初梦，正连宵雨霁，山展修容。唤瘦筇得得，结侣觅吟踪。西南望、常云山顶，有词仙曾此驻松风。拿云气，只今犹绕，卓笔高峰。

破晴霄、天际泻银泷，万斛势如虹。便喷烟屑玉，螭争蛟哄，声若雷轰。云锦明光千幅，飘荡水晶宫。览尽山河胜，少此奇雄。

王充闾

王充闾，1935 年生，辽宁省盘锦市人。国家一级作家。辽宁省作家协会名誉主席，中华诗词学会顾问，兼任南开大学、沈阳师范大学中文系教授。出版诗词集《鸿爪春泥》《蘧庐吟草》，学术著作《诗性智慧》等。

翠　湖

陌上花开客到迟，翠湖烟柳已垂丝。
浮云净扫天光碧，万点翔鸥乱撞诗。

苍　山

碧天凉影点苍颜，古雪神云景万般。
缩取银峦供画本，归来冰玉满胸间。

宁远古城

览胜趁芳时，临风蕴绮思。
泉温人好客，楼隽景殊姿。
一部清前史，千章塞外诗。
风光堪热恋，别后总神驰。

成吉思汗陵

灭国开疆枉自多，强梁无奈死神何。
衢街枕藉横尸骨，妇孺凄惶说战魔。
踏破山河驰铁马，凿穿欧亚挺珝戈。
长生终竟成虚话，一样金棺伴挽歌。

一剪梅·西安兴庆公园即景

借鉴江南构古园，放眼宏观，着手微观。华亭曲槛衬湖山，蝶向花穿，琴向心弹。

袖里乾坤万顷宽，静倚雕栏，寄慨千端。风光虽好莫流连，检点余欢，且跨征鞍。

李旦初

　　李旦初，1935 年生，湖南省安化县人。历任山西省吕梁师范专科学校校长，山西大学常务副校长、教授。现为中国作家协会会员、山西诗词学会副会长兼秘书长。著有《三上桃峰》《中国新诗流派》《嘤鸣斋诗稿》《李旦初获奖诗词集》等。

镜海长虹

长虹跨海闪银光，朗月清风送晚凉。
合浦珠还山水醉，桥连两制共飞觞。

青岛海滨游泳

暮色染胶州，沧溟任我游。
弄潮随海燕，搏浪伴沙鸥。
寥廓争舒展，汪洋竞自由。
岸边回首望，天际隐渔舟。

诗国长城

六里长堤饰画廊，诗潮墨浪涌沅湘。
芙蓉出水清词美，兰芷迎风丽句香。
泽畔吟怀迷谢客，竹枝词韵醉刘郎。
金声玉振三千里，铸就寰球第一墙。

　　注：诗国长城指常德诗词墙。兰芷句指屈原流放沅湘间，行吟泽畔，留下名句"沅有芷兮澧有兰"，以香草喻高洁人格。

柳湖春晓

柳叶湖边柳线扬，龙舟竞渡过端阳。
碧波曾照鬓残影，野绿长歌梦得章。
屈子诗肠包粽米，渔郎网眼识沧桑。
悠然自得抬头望，水映蓝天鹤两行。

　　注：刘禹锡谪居朗州时曾在此留下名句"晴空一鹤排云上，便引诗情到碧霄"。

桃源仙境

夹岸清溪古道斜，桃源标志是心花。
寻幽已过秦人洞，探秘还来野老家。
鸟语声中思浊酒①，稻花香里品擂茶。
游人醉倒临仙馆，四望苍茫数落霞。

　　注：陶渊明《饮酒》诗称"浊酒聊可恃"，《己酉岁九月九日》诗称"浊酒且自陶"。

金街溢彩

凌云大厦竞嵯峨，溢彩长街是爱河。
市列珠玑光灿烂，人行巷陌舞婆娑。
沅江浪急千帆过，柳叶湖深百舸梭。
陶令归来惊更喜，桃花源里一金窝。

　　注：金街系常德十景之一。

曲溪映峰

夷望溪中并蒂莲，双峰倩影水连天。
环流似练缠奇石，砥柱如屏隔野烟。
石室将军骑鹤去，武陵渔父伴鸥眠。
江风送走千年梦，今日桃源月正圆。

　　注：东汉伏波将军马援征讨五溪蛮时曾于桃源钦山峭壁凿二石室以避暑。

沁园春·赏月名山

　　叠岫层峦，秀色苍茫，峭壁森森。有索道悬空，凌云直上；乘风游客，驾雾登临。玉女迎宾，风铃奏乐，万壑奇松俱鼓琴。东西顶，耸琼楼玉宇，待月云岑。

　　老夫斗胆倾襟，邀天国神仙赏好音。借蟾宫设宴，银河泻酒；灵龟吐句，红叶呕心。野鸟啼诗，山泉步韵，共作双峰捧月吟。诗中月，聚山川灵气，格外情深。

临江仙·珏山夜景

　　仰望双峰如美女，凌霄玉立亭亭。云鬟雾鬓裹风情。朦胧添美色，吐月更倾城。

　　吐月仙姑何处去？女娲石上三生。尧时明月舜时星。丹河留倩影，化作满山灯。

刘庆云

　　刘庆云，女，1935 年生，湖南长沙人。武汉大学唐宋诗词专业研究生毕业，曾从事新闻、教育工作。湘潭大学文学院教授。现任中国韵文学会常务副会长。有《词话十论》和《双柳居自选诗词》（合）等著作出版。

孟夏游莫干山

无边凤尾郁森森，石径台阶草色侵。
纵欠金风吹酒面，清凉已觉透身心。

登浮光山见民居远离尘嚣有赋

粉墙黛瓦一徽居，水映山明雁影疏。
若得南窗赋归鸟，当云吾亦爱吾庐。

由闽赣入湘

列车西向故园行，又见泸溪映日明。
平野黄金镶翡翠，村湾凤尾杂桐英。
浃心爽气来衡岳，醒面天风出洞庭。
数十年间家四海，乡音乍听总关情。

浣溪沙·重泛泸溪（二首）

欸乃一声涤市尘，洄环又见碧粼粼。长篙点乱水中云。
鼓翼鸬鹚窥浅底，隔船农妇售山珍。漂流好趁小阳春。

又倩篙师驾竹排，奇峰迎送两徘徊。瑶思绮梦动幽怀。
欲着玉梳横绿鬓，更披云锦上天台。僧尼妒我隐含哀。
注：江西龙虎山泸溪畔有玉梳岩、云锦峰、僧尼峰。

醉花阴·告别三峡

峭拔青峦连远岫，九曲飞湍吼。风急下夔门，不定阴晴，雨打
扶舷手。
窥人神女云岚后，似多情依旧。峡口屡回眸，如此烟霞，重见
还能否？

定风波·雨中登仙霞关①

秋雨霏微滴发梢，何妨扶杖上岩峣。凤尾摇青多妩媚，沉醉。
绿烟如海接云涛。
关锁东南闽浙道，奇峭。纷纭往事卷心潮。千载骚人题咏处②，
佳句。涵濡犹似饮醇醪。
注：①仙霞关，在浙江江山仙霞岭上，为闽浙往来冲要。②
陆游等人于此题诗。

袁行霈

　　袁行霈，1936 年生，江苏省常州市人。北京大学中文系教授、国学研究院院长。第八、九届全国政协常委，第十届全国人大常委。现兼任中央文史研究馆馆长、国务院学位委员会委员、中华诗词研究院院长。

赴济南车中

穿河越野复行行，渐近乡关日色暝。
映眼华山浑似染，原来山比梦中青。

一九七八年十月

　　注：余原籍江苏武进，生于济南大明湖畔，幼时一度居北京，复还济南读小学，视济南如故乡。华山在济南东郊，古称华不注者也。

登岱岳南天门

步登南天门，敢笑九天低。
晓日开宿雾，八荒览无遗。
纵目天地阔，飞鸟伴云飞，
回首唤飞鸟，白云何依依。
翱翔环宇宙，闲步银河滩，
河水清且浅，且煮白石餐。

一九七八年十月

自京飞滇机中作

扶摇九千尺，欲与青天语。
天外更有天，无涯亦无涘。
四顾尽苍苍，一点闲云起。
转瞬云为海，浩渺不见底。
唯觉白日近，羲和挥鞭驰。
相约共图南，我心大欢喜。
时空讵有限，混冥乃无已。
纵浪混冥中，忘天亦忘己。

一九七九年三月十九日

石　林

底事天公块垒多，磐石林立竞嵯峨。
从来胜境非夷境，元气淋漓涌大波。

一九七九年四月三日

游富春江江畔有春江第一楼及郁达夫故居

雾破云飞画卷开，山清水碧映楼台。
方知郁子文清丽，为有春江洗砚来。

一九八一年九月

严子陵钓鱼台

草芥王侯卧白云，高风千载忆斯人。

闲来垂钓春江上，翠竹苍松卜为邻。

一九八一年九月

游天门山采石矶吊李白（二首）

双峰云汉外，绝壁大江前。
太白今何在，犹疑抱月眠。

才高天亦妒，志大世难容。
唯有峨眉月，相将万里从。

一九八五年六月

黄山行

巍哉黄山传美名，乘兴南来曳杖行。
山麓小憩待明日，潇潇夜雨入梦惊。
晨起推窗极四望，朝霞似锦映微明。
毕竟天公知我意，浓云撤去放新晴。
才登数步心已驰，满目青山满目诗。
千姿百态未暇接，阴晴变化只片时。
峰峦隐现如幻境，烟云缭绕似幻师。
幻师幻境复幻化，人在化中安能知。
烟云来去何匆匆，来无消息去无踪。
宛如舞袖自舒卷，又似天马奔长空。
忽而摩天不可扪，倏已纷至荡我胸。
倘无烟云来又去，岂有黄山趣无穷。
辗转半日至天都，一峰直上插苍穹。
仰视天梯唯一线，梯上匍匐路难通。
峭壁悬崖挂老树，如挥长臂迎豪雄。
豪雄尽在天都上，数声长啸划长空。

还我青春十年少，天都顶上唱天风。

一九八五年六月

登嘉峪关望祁连山

主宰长城赖此关，飞檐耸入九霄烟。
多情最是祁连雪，绣出银屏障半天。

一九八六年九月

与友人同游西湖口号（二首）

群贤济济画中游，山色湖光望眼收。
捧得盈盈一掬水，凭君遥赠海东头。

平湖秋月映山光，更有三秋桂子香。
欲把保叔当画笔，且为西子绘霓裳。

一九九六年十月

黄山有奇石状如巨笔与笔架峰遥相对峙云烟缭绕蔚为奇观庚辰夏得览此景口占一绝

万壑松风雨霁时，倚栏指点意飞驰。
凭谁借得生花笔，饱蘸云烟写好诗。

二〇〇〇年

飞经戈壁作

玉鹤飞戈壁，乘风上紫穹。

沙平天映地，云淡日当空。

巨翅凌虚境，洪炉默运中。

澄明心似镜，直欲探鸿蒙。

二○○一年九月九日

车过黄河作

混茫天上水，滚滚向东流。

浊浪连穹宇，腾波逐细舟。

河清人有待，海晏亦堪忧。

济济斯多士，孰能献远猷？

二○○二年

鹧鸪天·香山

袅袅秋风宿雨收，穿云涉水入深幽。漫山红叶红如酒，醉杀游人何所求。

肠欲断，鬓先秋，一生禁得几多愁。闲情一总都抛却，风自飘飘水自流。

一九七三年秋

注：时肠疾转剧。

西江月·农民建筑工

擎起虹楼云厦，栖居蔽屋板棚。斯人过处现新城，踏遍三山五岭。

不顾寒冬酷暑，怕甚暴雨狂风。知他爱憎自分明，笑对人间暖冷。

二○○二年

水调歌头·焦裕禄逝世 50 周年

　　五十春秋矣，谁不悼斯人。遥思兰考大地，桐树已成荫。漠漠良田万顷，处处焦公身影，雨露润阳春。俯首奉杯酒，酹地祭忠勋。

　　世之范，民之望，国之魂。清风正气，何时吹散雾霾尘？只怕蛀虫不尽，不信中华不盛，峻崎有昆仑。明月当空照，百姓为北辰。

刘妙顺

刘妙顺，1936 年生，浙江乐清人。中学退休教师。中华诗词学会、浙江诗词学会会员。著有《蒲溪词草》《虬声雁影》。

浣溪沙·螺丝峡

石峡天生形若螺，山洪抨击水痕多。岩光壁滑万年磨。
乱石一滩留足迹，细流千束织绫罗。天孙巧手日抛梭。

浣溪沙·南雁碧溪渡

竹筏轻移过小溪，长篙击水起涟漪。风光入眼渐迷离。
一石当流图画出，千峰弄影客心颐。笑声划破碧琉璃。

临江仙·夜登明珠塔

漫步明珠高塔，俯瞰黄浦申城。飞光驰彩若流萤。梦魂萌悔意，独自上天庭。
细赏九重瑰宝，更惊仙苑春灯。宫娥珠翠闪晶莹。夜风生嫉妒，吹落一天星。

小重山·三井龙潭探胜

湖雾闻传井有三。深渊崖陡峭，怯儿男。坑门胜景旧曾谙。潜蛟出，井水碧如蓝。

今日喜重探。荒村人迹杳，问纤岚：青山何处觅龙潭？岚不语，顾自入岩龛。

破阵子·登西门岛

玉带轻缠东屿，虹桥横跨西门。千顷涂田连石岸，几簇琼楼矗海滨。山坡铺绿茵。

堤走洋车宝马，波裁汽艇渔轮。闲眺白沙烟外躺，指点青螺浪里分。蓬壶寄此身。

金缕曲·悼钱学森院士

魂化蓬山鹤。向青霄，飘然远去，暗消天幕。华夏晴空惊霹雳，十亿无声泪落。叹上苑，霜凋梅萼。仰望夜空河汉耿，痛巨星骤殒流光烁。人独立，怅寥廓。

当年频向天河濯。拨云纱，苍穹觌面，悉心探索。一弹两星当务急，尤显龙人气魄。原子爆，寰球惊愕。民族振兴苍生愿，数航天之父功勋卓。听万国，动哀乐。

侯孝琼

　　侯孝琼，女，1936年生，湖南省长沙市人。湖北教育学院教授。现为湖北省、武汉市诗词学会副会长，《湖北诗词》《武汉诗词》副主编。著有《流萤诗集》《少陵律法通论》《元遗山诗词注析》（合著）等。

烂柯山

仙家何事未忘机，黑白争锋列阵危。
百变风云谁布局，石梁长护烂柯棋。

鸡公山居即事

大块浑茫晓雾迷，山行颇觉雨沾衣。
世人羡我云间乐，我在云间不自知。

张家界

界外张家绝世奇，沉埋千载总堪悲。
青山不共天难老，过尽春风识者谁。

豫西行

平山远水几家村，好景遥观自有神。
红袖倚门闲看我，不知已作画中人。

太　华

拔地涌芙蓉，参天太华雄。
玲珑弥四望，峻峭揖千峰。
径险排云上，松苍裂石中。
攀登秋万里，凭眺意无穷。

四访武夷

又携秋韵过崇安，四访名山兴未阑。
拄杖未妨幽径滑，望云遥想洞天寒。
朋侪白尽萧萧发，岭落霜匀树树丹。
更拟他年诗酒约，情怀垂老要痴顽。

西江月·刘家峡水电站

何处飞来灵壁，居然镇锁黄澜！且教河伯入笼樊，推得涡轮
飞转！

洒落繁星甘陕，描成锦绣山川。刘家峡谷本天然，漾出平湖
一片。

减字木兰花·雨后初晴，入住云中湖山庄

云中波漾，玉宇琼楼千仞上。羽化轻衫，情暖诗心未觉寒。
盈盈欲语，潭水桃花深几许？雨霁斜晖，小径吟香不忍归。

郑伯农

郑伯农，1937 年生，福建省长乐市人。历任《文艺理论与批评》副主编，中国作家协会党组成员、《文艺报》主编。中国社会主义文艺学会常务副会长。曾任中华诗词学会常务副会长，现任中华诗词学会驻会名誉会长。著有《在文艺论争中》《艺海听潮》《古韵新风——当代诗词创新作品选辑·郑伯农作品集》等。

登山海关老龙头

雄关险隘接危楼，莽莽长城镇海流。
万里烟波奔眼底，几尊礁石立潮头。
浪高方显水天阔，心静何惊风雨稠。
漫说汪洋空涨落，怒涛卷处有渔舟。

一九九八年六月

登大沽口炮台

当年鏖战急，碧血染河山。
黄土埋忠骨，权臣举白幡。
岁悠兵燹远，旗在虎狼眈。
四海烟波阔，登临心怆然。

二〇〇〇年九月

重上西柏坡（三首）

峻岭深沟传电波，巨人挥手换山河。
世间多少腾龙地，扭转乾坤是此坡。

"进京赶考"竟如何，创业艰难糖弹多。
领袖箴言悬日月，负心忘本莫登坡。

今日高坡漾碧波，白云飘处结莲荷。
多情最是老区水，奔涌轻呼同志哥。

二〇〇一年五月

虞美人·天池

苍茫大地一声吼，烈焰冲牛斗。万钧伟力出平湖，赢得碧波千
顷映穹庐。

五洲四海滚尘土，何处澄如许。安能倾水洗周天，共看冰清玉
洁满人间。

二〇〇三年八月

望张家界黄石寨

武陵胜景总关情，水有柔肠山有灵。
谁拔奇峰千仞挺，直将浩气送天庭。

二〇〇四年十月

望海潮·五台山观光

千峰竞挺，百坛林立，五台自古巍峨。佛子留香，骚人留墨，耕夫汗洒盘坨。仙乐漫青坡，天光照僧俗，一派祥和。惟有塔铃，勾人默默忆金戈。

晋山所望如何？看商家求发，游子求窝，宦者求升，赌徒求运，世间祈愿繁多。凡念未消磨，赢体难超度，不扰佛陀。汲取清凉，凝眸静静看烟波。

二〇〇五年五月

登南岳

久闻回雁地，今上祝融峰。
台阁接天幕，潇湘卧碧丛。
义兼儒道释，人醉雾云松。
今日抛凡念，权充出世翁。

二〇〇五年六月

白洋淀放歌

大禹疏洪过此乡，荆卿泽畔唱宫商。
八年烽火雁翎疾，一代文章神采扬。
赏苇观荷惊浩瀚，抚今追昔忆沧桑。
冀中自古多豪杰，慷慨悲歌托艳阳。

二〇〇五年八月

踏莎行·赞唐山十三义士

雪压烟村，冰封归路。江山万里凝愁雾。海滨自有热心人，驱车直赴凶灾处。

汗洒郴州，情留津渡。世间最美是襄助。临危时节见英豪，三湘四水心碑矗。

二〇〇八年三月

注：媒体报道：南方遭雪灾，惊动了唐山地区十三位农民。他们带上工具租上车，开赴湖南郴州，在那里奋战了半个月，无偿帮助当地群众抢险救灾。他们的义举感动了三湘四水，也感动了全国老百姓。

江城子·重访恩施

少年负笈下湖湘。踏羊肠，沐朝阳。千里鸣铎，觅韵访山乡。忽报鄂西花竞发，攀峻岭，上清江。

重登故地叹沧桑。小平房，变楼堂。胜景迷人，游客醉如狂。最是土家才艺好，歌舞起，泪双行。

二〇一〇年五月

注：一九五八年秋，参加全国少数民族普查工作，在湖南翻山越岭。翌年初夏，调查组派我赴恩施与中南民族学院的专家交换关于土家族的材料。此次重访恩施，时隔51年。山乡巨变，令我感慨万千。

榆林游

久闻塞上有驼城，一览驼城游客惊。
汉瓦秦砖追往昔，高台古堡记刀兵。

气输东土万家暖，绿锁黄沙四野清。

泉下先驱应笑慰，今朝陕北更葱茏。

二〇一〇年八月

浪淘沙·三月扬州

伫立久凝眸，三月扬州。烟波滚滚隐层楼。远影孤帆都不见，虹架潮头。

思绪接千秋，往事悠悠。骚人墨客竞歌讴。虎啸龙吟今胜昔，再创风流。

二〇一二年三月

瓜洲新景

重访瓜洲地，春来草木苍。

宝箱无觅处，佳句久铭肠。

古渡舟船渺，高桥车马狂。

儿童牵远客，指点看诗墙。

二〇一二年三月

注：宝箱，传说中的杜十娘在瓜洲怒沉百宝箱。

浣溪沙·洪泽湖畔看陈毅诗碑

倭寇当年舞战鞭，河山血染迹犹鲜。乌云又起滚南天。

雨骤风狂思劲草，浪高水阔诵宏篇。巍巍浩气荡胸间。

二〇一二年九月

浪 波

浪波，本名潘培铭，1973 年生，河北平乡人。历任河北省邢台地区文联主席，中共河北省委宣传部文艺处处长，河北省文联党组书记、主席等职。现为中国作协会员，诗歌学会理事，河北省文联顾问。著有诗集《花与山泉》《神游》《故土》及文论随笔集《艺文杂俎》等十余种。

蟠龙湖春游品茶

晴窗含碧水，柳浪拂青山。
沙岸浮烟霭，苔矶泊钓船。
鱼翔青荇下，燕翥白云边。
静赏天然趣，逍遥半日闲。

仙台山留句

老友欣相聚，重阳结伴游。
仙台云雾绕，洞府烛光幽。
信步观红叶，漫吟忘白头。
人生如四季，最美是金秋。

谒中山陵

千秋万岁仰高勋，革命元功第一人。
醒世文章传百世，济民方略立三民。
江干松桧经霜碧，故国声猷与日新。

天下为公大同梦，青山长驻自由魂。

访翠亨村

先哲故居何处寻？榕荫深掩翠亨村。
岭南膏雨钟神秀，粤海奔涛壮国魂。
立命为民知劲节，舍身无我见风襟。
遗言箴训须三省，重整河山待后昆。

鹧鸪天·登岳阳楼

百读名文仰范公，岳阳楼记记分明。悉知忧乐分先后，谁有襟怀若洞庭？

波万顷，浪千重，心潮澎湃意难平。赋闲虽处江湖远，还借斯楼说废兴。

焦裕禄礼赞三章

读习近平总书记《念奴娇·追思焦裕禄》有感赋之。

裕禄精神公仆心，焦桐翳翳护芳茵。
年年四月清明日，万树桐花奠国魂。

勤政为民不息肩，守身如玉自清廉。
人心是秤称轻重，重在人心是好官。

魂飞万里盼归来，圆梦相期扫雾霾。
遍植青桐百千亿，匡时还仗栋梁材！

二〇一四年清明节

张岳琦

　　张岳琦，1938 年生，山东省枣庄市人。曾任中共中央办公厅副主任、吉林省副省长、吉林省委副书记、吉林省政协主席。现为吉林省诗词学会会长、中华诗词学会顾问。著有《诗词格律简捷入门》、诗集《岁月拾韵》等。

长白山记胜

白山虽僻远，胜景在人心。
袅袅美女树，茫茫原始林。
雪峰千古画，瀑布万年琴。
不见天池水，平生一憾深。

山海关怀古

连山接海古关雄，未抵清兵气似虹。
嘉定三屠尸遍野，扬州十日血腥风。
痛心疾首遗民泪，破釜沉舟志士功。
如若当时不相犯，中华疆域至斯终。

九月九日上九寨沟

高登九寨正重阳，山色斑斓红绿黄。
池泊净平镶碧玉，溪流澄澈泻琼浆。
片时气象变晴雨，一路风情说藏羌。
俗世烦多清静少，且来此地觅仙乡。

莫高窟怀古

远望黄沙无尽头，孤云天际幻琼楼。
后人去探前朝迹，大漠来寻小绿洲。
穿越时空千态美，历经战乱百年愁。
洞中旧事今何在？游客匆匆似水流。

少年游·烟台

隐听海浪击长堤，花蔓上高篱。绿草萋萋，红荷挺挺，林径暗依稀。

风和人静云天碧，小睡日斜西。寂寞繁华，俱非永久，往事莫重提。

更漏子·十月广东行

雨乍停，风也静。绿水败荷云影。多少事，憾难成。日闲登小亭。

清睡冷，残梦醒。窗外岭南秋景。叹旧友，半凋零，如烟昨日情。

水调歌头·观壶口瀑布

纵目黄河远，隐约入云间。千回百转来此，万马奔声喧。叠叠浪涛堆雪，派派激流织练，呼啸泻高巅。雷霆千钧力，击起雾冲天。

山围视，云照影，鸟盘旋。沧桑阅久，雄气无改壮中原。浩浩穿过两汉，郁郁流经五代，抗战又烽烟。今值风光好，忧患总情牵。

雍文华

雍文华，原姓许，1938 年生，湖北省公安县人。曾任中共中央宣传部文艺局文学处长、中国作家协会创作研究部副主任、中华诗词学会副会长，享受国务院特殊津贴。系中国作家协会会员、中华诗词学会顾问。著有《罗隐集》《潇湘云水楼诗词》等。

蓬莱阁

览胜筹边事不同，江山如许费才情。
人人只道苏诗好，我却低眉看水城。

题延安万花山牡丹园

欧阳修《洛阳牡丹记》云："牡丹出丹州、延州……"（延州即今延安，丹州即今宜川，亦属延安）。

上苑天香举世夸，灵根原本在天涯。
时人不识真情性，误作人间富贵花。

唐山南湖（三首）

唐山南湖原为地震时矿区塌陷之巨坑。

芦花秋月雁声高，浅水潋潋画舫摇。
击鼓传杯多绮思，舞衣歌扇逞妖娆！

何人画出此丹青，水色天容一镜明。
错把南湖比西子，凤鸣声里听黄莺！

注：新唐山又名凤凰城。又，"柳浪闻莺"为西湖八景之一。

此中清泪一湖多，惆怅临流感逝波。
好是天公知悔罪，遂教红紫满山坡！

南京莫愁湖胜棋楼

　　莫愁湖以古代美女卢莫愁命名，风物颇佳。中有胜棋楼，相传为明太祖朱元璋与中山王徐达弈棋之处。每对弈，徐终失子败北。一日太祖告之，必欲诚心相搏，以定高下。自辰至午，不分胜负。后太祖步步进逼，而徐则犹豫徘徊，似不能举子。太祖询问其故，徐答以请皇上细观棋局，乃成"万岁"二字。太祖始信中山王棋艺之妙，事国之忠，乃以其楼赐之。余细味其事，颇有感焉。

莫愁风物绝清幽，高柳春风映画楼。
十里芙蕖悲绝色，一朝圣眷累名侯。
凄清琴韵多心事，精妙棋图有隐忧。
我自苍茫思往古，平湖水阔夕阳流。

悬空寺

一登寺观便悬空，头顶苍穹足御风。
佛法相期三界外，是非抛却炷香中。
空山寂灭鸣蝉噪，绝壁孤危老柏葱。
极目关山千万里，羽衣仙阙岂关情！

开远灵芝湖森林公园

轻舟容与上天衢，水阁风亭见画图。
未必林间无墨客，也应花下有仙姝。
晴空翠岭岚如织，永夜平波月胜珠。

梦里高唐风物好，楚宫依约在芝湖。

沁园春·山海关

辽左咽喉，京国屏藩，第一戍楼。看龙行南渤，鱼吞北斗；云含曙色，月趁潮流。海曲仙居，天边蜃市，万国梯航作胜游。风光好，是天开图画，惠我神州。

沧桑往复回眸。说不尽人民多少愁。叹秦皇楼舰，沉身水底；唐宗铁甲，埋镞平畴。明患倭奴，清隳海禁，如此江山怎自由？从今后，计安危祸福，还费筹谋。

八声甘州·沈园感赋

是天公别降济时才，策马入长安。试评章风月，纵横王霸，豪气如山。雪夜楼船淮上，铁骑走秦川。许诗心将略，图像凌烟。

不料朝天无路，只兰亭禹庙，消尽流年。甚御香朝服，尘土着青衫。定中原，毋忘家祭；念伊人，垂死尚潸然。天知否？人生魔障，难越情关。

刘 章

　　刘章，原名刘玺，1939 年生，河北省兴隆县人。现为《诗刊》和《中华诗词》编委、国际华文诗人笔会理事。著有《刘章诗选》《刘章诗词》等三十多部。多篇诗文被选入大、中、小学课本和读本。

登行吟阁

落霞一湖水，百尺春风楼。
屈子行吟处，长江日夜流。

一九七六年五月十四日于武汉

夜登厦门天界峰

漫步紫云径，直登天界峰。
茶香云滴露，泉静地生星。
夜色笼身淡，海风拂面轻。
台澎遥望远，俯首万家灯。

一九七六年十月于厦门

山 行

秋日寻诗去，山深石径斜。
独行无向导，一路问黄花。

一九七九年八月二十二日草，一九八一年改

乔迁过罗文峪口

罗文峪在遵化与兴隆交界处。

喜庆乔迁又自伤，辞亲路似九回肠。
罗文峪口停车望，从此家乡是故乡。

一九七九年十二月二十九日举家迁往省城途中

周总理逝世十周年祭

亘古男儿去，民心十亿碑。
一人独至美，万世有光辉。
大地留身影，江河撒骨灰。
年年春草绿，遗爱化芳菲。

一九八五年十一月

登五峰山

李大钊同志曾数登昌黎五峰山，写下宣传马列主义文章。

登上五峰劫后时，韩祠来唱李公诗。
他山不会争春色，马列花开第一枝！

一九八七年八月六日

注：李大钊曾住过韩公祠，有新诗"是自然的美，是美的自然"等句。

韶山荷塘

半亩池塘一鉴开，百年菡萏镜中栽。

清流自有天河注，不准泼污脏水来。

一九九一年六月二十八日凌晨三时

题泰山斩云剑

此景在快活三里路西，云降至此化为雨。

一剑横东岳，年年斩乱云。
生成棉与帛，天下少寒人。

一九九二年一月改写

乙亥七月登雾灵山

大山之子有柔肠，梦绕情牵恋故乡。
绿草红花皆姊妹，奇峰峻岭是爷娘；
归来每恨欢时短，离去还愁别路长。
登上灵巅何所似，父亲怀里任疯狂。

一九九五年八月十二日——十二月二十九日

登仙台山主峰

仙人何处去？吟客上高台。
红叶如花发，白云似剪裁。
长天诗韵引，大地画屏开。
我欲寻佳句，山灵快送来。

赵焱森

　　赵焱森，1939 年生，湖南省华容县人。曾任中共湘潭市委副书记，湘潭市政协主席，中共湖南省纪委副书记，湖南省人大常委。现为中华诗词学会顾问、湖南省诗词学会会长等。著有《毛泽东颂诗字帖》《昆仑颂》《华夏颂》《清风颂》，主编有《湖南当代诗词选》等。

开封府衙前散步作

三水相依绕旧衙，清波叠影映墙花。
当年铁面图文在，留与今人镇鬼邪。

纪念刘少奇同志回乡调查五十周年

亲访乡村里，时今五十秋。
民生怜疾苦，国策定宏猷。
一路春霖润，几番风雨稠。
回思功德事，谁不纵情讴。

颂粟裕大将

雄才开国日，第一大将军。
风骨堪坚挺，战功孰比伦。
旌旗迎旭日，叱咤扫残云。
犹敬轻名位，千秋永策勋。

瞻仰雷锋塑像

戎装英武立，抬眼仰高峰。
报国身心奉，助人肝胆通。
胸怀江海阔，品格玉圭同。
留得真情在，千秋气概雄。

湘西矮寨特大悬索大桥

矮寨堪豪壮，青峰直插天。
风标延远梦，云气涌长烟。
路自空山断，车随绝壁旋。
金桥一飞架，万里任挥鞭。

资江颂

资水无穷碧，晴荷别样妍。
花开诚艳美，鸟鸣自怡然。
康富百年梦，清和万里天。
民生钟实惠，相叙意甜甜。

泸溪天桥山景观

桥高堪仰止，山水更为奇。
观海浑如梦，登天幸有梯。
诗墙文韵古，雾帐烛峰低。
犹喜鹃花放，香风过五溪。

登凤凰县笔架山

坦荡沱江水，雄奇笔架山。
一城依砥柱，八面见斑斓。
观景诗情涌，敬贤功业叹。
凤凰今纵目，崇念久凭栏。

颂毛泽东公私观

任是亲情万缕牵，兴邦大计总为先。
公心耿介悬明镜，正气轩昂对昊天。
拯国一家英烈壮，酬民亿众颂歌传。
毕生功业如山海，未见徇私用特权。

缅怀黄克诚同志

几度沉浮更健雄，将军形象立如松。
胸藏智勇英姿勃，事秉公廉大众崇。
正气冲天驱瘴雾，诤言掷地响洪钟。
无私报国垂典范，青史飘扬一帜红。

重行华容道

清风伴我老山行，古道幽怀任纵横。
关羽释曹曾仗义，吾侪兴社始披荆。
云中树影观如锦，石上苔痕步有声。
抚镢每思圆旧梦，夕阳晖洒壮新程。

李一信

李一信，1939年生，河北省邯郸市人。历任中华文学基金会副总干事，鲁迅文学院副院长、办公厅主任，以及中华诗词学会副秘书长兼办公室主任等，现为中华诗词学会驻会顾问。中国作家协会会员。已出版有《恋情祭》《人生有缘》《圣殿有约》《人生圆桌》《感悟》等作品集。

暮饮雁栖湖

雁栖湖水绿如蓝，红树青山日半衔。
送客常怜春易老，一樽清酒对婵娟。

泰山玉皇顶上天街行

玉皇顶上众人游，日近山花插满头。
不是天街儿女浪，恰逢盛世竞风流。

微山湖感怀

一湖烟景一湖春，千岛千山衍古今。
残冢残存话微子，远帆远去怀老臣。
先贤古墓生苔碧，飞虎祭坛香火吟。
把酒临风昭日月，战云散尽好安魂。

黄河入海口

黄河挽日耀神州，万里滔滔入海陬。
参透千秋成败事，人生淡淡亦风流。

鹧鸪天·焉支山

相别兰州路更长，甘州小憩已斜阳。焉支山下花成海，疑是江
南入梦乡。

云渺渺，水茫茫，犹闻血马嘶声狂。绿洲深处春芳歇，秋日胭
脂分外香。

注：焉支山因胭脂花而得名。

清平乐·月牙泉

天高星远，圆月裁成半。一半瑶池王母悬，一半敦煌存念。
鸣沙山下驼鸣，月牙泉水叮咚。挺秀胡杨倩影，千年玉立相迎。

八声甘州·河西走廊行

记河西万里赴阳关，归来话奇观。看武威文庙，雷台思汉，鸠
摩登坛。自古甘州征战，猛士老残年。独赏丹霞石，如画江山。

健步登高临远，惜关雄岭背，窟危云前。想文明华夏，千古著
先鞭。嘱将来、前途宏远，寄语勤、科技勇登攀。兴亡事、铁肩同
担，无愧华巅。

武正国

武正国，1940 年生，山西省交城县人。曾任中共山西省委常委、秘书长，山西省人大常委会副主任。现为中国作家协会会员、中华诗词学会顾问、山西诗词学会会长。著有诗词集《拾贝集》《三晋咏怀》《三春集》《抗震救灾群英颂》《北京奥运群星赞》《武正国诗词选》等，主编有《民族魂》《新田园诗词三百首》《论诗千首》等。

再登悬空寺

仰望凌空险，登临天地宽。
畅怀容北岳，闲步白云端。

张家界

峻嶒石柱竞穿空，百态千姿鬼斧工。
更有青松怀绝技，危峰顶上抖威风。

西藏错高湖

雪峰倒影扎深潭，湖底观天天更蓝。
鸥鹭欢歌盘水面，轻舟载客入轻岚。

雅鲁藏布江

雪山融下透明溪，曲折迂回路不迷。

广纳百川成浩荡，眼光向海岂为低！

南京燕子矶

登上悬崖石，全身矗半空。
两桥排左右，百舸走西东。
历代留名句，今人唱大风。
清秋宜放眼，夕照满江红。

苏州园林

赏景何须大，心闲情自殊。
借来他处塔，装点自家湖。
步步流诗韵，层层涌画图。
悠哉成对鸟，水上并肩凫。

泪送周总理

灵车远去冷风狞，万众揪心热泪盈。
国失栋梁天欲坠，雾迷街巷厦将倾。
无儿无女无私产，多智多才多德行。
磊落忠魂萦华夏，丰碑高矗泰山惊。

采桑子·清凉胜境五台山

悠然播洒毛毛雨，坡也苍茫，沟也苍茫，雨后群山披翠装。
伏天日落单衣薄，身也清凉，心也清凉，不虑蚊虫扰梦乡。

相见欢·登成都望江楼

雨中健步崇楼，洗烦愁。翠竹葱茏争绣锦江秋。
草堂影，古祠顶，眼中收。能不缅怀工部武乡侯！

焦裕禄公仆情怀

内涝风沙盐碱沟，兰考三害逼人愁。
自从派来焦裕禄，抗灾有了好领头。
吃百家饭走百村，练就骑车功夫真。
风霜雨雪难阻挡，越岭渡河车骑人。
拉罢犁铧又拉耧，步履沉重汗频流。
绳索直向肉里扣，俯首默默甘为牛。
洼地汇流百姓危，奔波疏导两腿泥。
蹚入浪涛查深浅，眼看水势漫胸围。
苗木屡遭沙暴侵，勉励乡亲不灰心。
协调专家反复试，终使小树渐成林。
律己管家样样严，非分之财拒沾边。
觉察儿子白看戏，耐心教诲补票钱。
日夜操劳春到冬，无暇治病病逞凶。
为给老乡再送药，强忍肝癌剧烈疼。
棉麦苗壮桐叶青，围歼灾害喜初赢。
忽闻老焦尽瘁去，万人洒泪哭送行。

包德珍

　　包德珍，女，满族，1940 年生，黑龙江呼兰人。中华诗词论坛坛主，中华诗词学会理事，海南省诗词学会副会长。与人合著《萧乡雪》《梦云秋》《兰芷蕙芳》等诗集，合编《龙海吟虹》诗集，个人著有《龙海吟》诗集等。

游峨眉山

欲求大道出迷蒙，拜访名山得悟空。
佛眼开时知自在，峨眉展处晓圆通。
仰天神领千秋月，寻径人缘万壑风。
多少高僧多少寺，翻然一念古今同。

访杜甫草堂有感

雨洗残痕万木新，依依碧翠诉情真。
锦江明月三年客，茅屋秋风一叶身。
拥廨树阴遗血泪，浣花溪水逐烟尘。
诗心未负飘零苦，赢却苍茫自有春。

临江仙·寄怀次梅关雪韵

　　若是秋蝉堪解意，何由唱彻忧肠。从来梦醒却难忘。寒帘钩月上，乱绪落身旁。
　　怎锁凄迷常顾盼，轻声几问残阳。人情茶酒每逢场。杯杯濡叶老，默默向人黄。

高阳台·登岳阳楼

　　十二螺峰，千三鹤屿，古今风物名扬，湖面天心，清波影漾山光。寒风吹老前朝树，仰范公，铭记沧桑。点兵台，晓月横烟，曾几辉煌。

　　神仙何止三回醉，看芷兰潇洒，又为谁香？川楚洪流，洞庭水咽声长。孤舟昔日凭栏泪，挽狂澜，踏浪茫茫。问名楼，多少征人，云梦他乡。

陈奎元

陈奎元，1941 年 1 月生，辽宁康平人。十一届全国政协副主席。曾任中国社会科学院院长、党组书记。著有《蓝天白雪集》《心声集》等。

西藏行

年初衔命入藏，早闻高原缺氧艰苦愈常，古人云："不入危邦。"是谓明哲保身之道。身为公仆，唯有见义勇为，奋不顾身而已，别无他途。

国事难辞汗马劳，巡边守土卫节旄。
人民冷暖施万贯，寇盗利权争寸毫。
月洒珠峰雾成雪，星浮河汉风如刀。
边疆少有逍遥日，后浪前波总滔滔。

赴藏北那曲

一九九二年八月十二日沿青藏公路北上那曲，草原金秋，天高气爽，藏北高原路遥地阔，念青唐古拉山脉，皑皑白雪，熠熠生辉，当雄草原溪流飞溅，绿草如茵。

藏北秋高天路阔，花鲜草绿斗芳菲。
激流怒下如奔马，白雪生寒冷日晖。
潭影悠然鹰北望，闲云寂寞雁东飞。
炊烟帐外小儿女，笑看牦牛络绎归。

自藏北高原返拉萨

八月十三日傍晚由那曲上路返拉萨，子夜抵拉。

一抹余晖下斜阳，黄昏气爽路茫茫。
荒村静寂升烟火，浅谷寻食走犬羊。
氆氇帐前闲牧女，雪山影下夜苍凉。
吞声宇宙浑如墨，几点残灯照梦乡。

拉孜道上

通宵吹冷雨，破晓更南行。
旷野霜前绿，峰峦雪后明。
山溪浊浪滚，丘壑乱石横。
路畔儿童笑，不知虑前程。

望珠穆朗玛峰

定日城邻朗玛峰，停车眺望动心旌。
云横半壁雄天下，国立东方振长缨。
日午风凉芳草软，人居高处自身轻。
群童接耳窥食客，自取残肴起斗争。

飞越横断山

一九九六年七月二十七日赴京参会，八月五日飞返拉萨。

南来北往穿梭去，雪域常牵不了情。

寇盗一窝频冒险，袍泽万众作干城。
忠良沥胆谋长治，猛士磨拳奋短兵。
偶有浮云遮烈日，东风过后更清明。

游三峡

游人指手话三峡，两岸峰峦斗翠华。
雾起夔门天破晓，云遮白帝浪惊沙。
巴山满月江声远，蜀水残阳塔影斜。
神女萧然空怅望，知途楚子早还家。

三亚行

岁末孑然万里行，轻松胜似鸟出笼。
朝发北固千嶂雪，午看三亚百花红。
椰果听潮勤点首，芭蕉叶碎乱飘风。
神游物外无情绪，淡月疏星照海空。

自绵阳赴剑阁

参天古柏阅千年，举步金牛路盘旋。
若是诗人西入藏，回头不唱蜀道难。

游绵阳富乐山

前门拒虎引狼来，诳语欺天道"乐哉"。
俯仰随人终自误，国门严守勿轻开。
注：公元二一一年，益州牧刘璋邀请族弟刘玄德莅绵阳富乐

官，欢宴中刘备曰："富哉，今日之乐也。"其后不久，刘备以武力夺刘璋地，建立蜀汉。

呼伦贝尔行

山川依旧莽苍苍，触景难抑喜气扬。
燕雀偏知旧宅好，黄花道是昨日香。
情真自有心肠热，人走何忧茶水凉。
老骥无须多伏枥，来时不比去日长。

鄂温克草原

蓝天碧澈远山高，水满河湖草没腰。
帐房毡白夏营满，牛羊食饱长秋膘。
风清气凉游人爽，马背挺拔牧女骄。
银碗连斟高粱酒，心潮涌起似海潮。

嘉峪关

远眺祁连雪未消，丝绸古道路迢迢。
嘉峪关上一轮月，照过前朝照本朝。

过居庸关

雄关据险扼要冲，万里经边广筑城。
瓦剌闯王呼啸过，降幡零落罢官兵。
皇明两代征漠北，满洲一战夺北京。
历史循环比比是，江山几见恶潮平。

夏日拉萨

夏到拉萨万木苏，红桃白雪画难图。
宫墙寺顶迎朝日，百姓朝佛跪泥途。

亚东行

帕里山下路盘旋，群峰竞秀白云闲。
松竹并茂藤萝老，涧水激扬卷碧湍。
幽谷花香风送爽，晴空鸟语珠落盘。
前贤若见下司马①，不羡渔父到桃源。

注：下司马镇为亚东县志治。

林芝行

九月十四日抵林芝，十五日赴米林县，途经红教寺院——喇嘛林。

人间胜境渺难寻，眼见林芝最赏心。
云过青天尘不染，源出绿地水鸣琴。
石屋错落竹篱短，古柏扶疏草木深。
金顶红墙何处寺，小僧手指喇嘛林。

高立元

　　高立元，1941 年生，山东省临朐县人。曾任解放军通信工程学院副院长、解放军理工大学副校长等。少将军衔。现为北京诗词学会副会长、中国人民解放军红叶诗社副社长。

游三江源

飞越关山一万重，三江源里踏歌行。
几番深吻源头水，流向天涯都是情。

登虎头边防瞭望塔

霄汉凌身六月寒，无关界律鸟翩翩。
镜中摇进山和水，本是中华一片天。

虎林要塞谒抗日英雄群雕

一腔碧血染山河，誓挽沉沦悲壮多。
未上凌烟千丈阁，乌苏里畔听船歌。

红军谷祭先烈

凭吊英灵万壑哀，谷中何处是坟台？
一年一度春风里，树树桃花带血开。

参观喜峰雄关大刀园

揭地风雷卷怒涛，无言青铁记前朝。
当年喋血斩倭地，来看中华第一刀。

携孙儿游卢沟桥

血染卢沟迹已沉，桑干依旧荡雷音。
孙儿听罢当年事，遍摸狮身数弹痕。

登泰岳俯瞰群山有题

一片葱茏云水重，拱身挽臂势恢宏。
凌虚莫道群山小，托起岱峰天下雄。

拜谒毛主席纪念堂感怀

旗舞东风亲手悬，映红大地映红天。
势燎原野星星火，剑指金陵点点帆。
韬略经纶胸际出，乾坤日月掌中翻。
长江后浪推前浪，雪里梅花带笑看。

胡锦涛总书记等视察西柏坡感赋

万丈朝霞旭日曛，枝头喜鹊唱柴门。
身临圣地温垂教，手挽乡亲话脱贫。

务必践行心事重，蓝图绘就笑声频。
风尘仆仆农家客，都是京城赶考人。

到南京

云涯莽莽大江裁，雪涌远帆天际来。
六代烽烟燃古镇，一腔血泪咏秦淮。
柳堤百里东风染，灯火千家醉眼开。
正是春深啼布谷，催车先到雨花台。

纪念八一南昌起义缅怀朱老总

茫茫赣水起风云，星火燎原拱北辰。
险浪逆流擎一帜，金戈铁马统三军。
太行云怒烽烟滚，扬子风高鼓角频。
扁担挑来新日月，芒鞋踏破旧乾坤。

悼念华国锋主席

剪除鬼蜮大旗横，荡靖尘埃玉宇清。
秉统天机谋老帅，稳操胜券出奇兵。
踏平黄浦千重浪，好鼓云帆万里风。
此去泉台堪慰藉，山山水水唱交城。

琼岛行

谒祠犹唱大江东，端拜青天说世宗。
酹酒万泉椰雨细，寻踪五指木棉红。

榴裙脂粉靡时下，马策刀环到梦中。

起看三更潮汐涌，礁如勇士月如弓。

注：史书载，海瑞曾上疏陈词，针砭时弊，直指皇帝，并备棺待死。明世宗叹曰："此人可方比干，第朕非纣耳！"

游九寨沟

摩天岭下白江西，山色湖光造化奇。

异彩染池峰弄影，粲花引路竹牵衣。

数帘湍瀑泼成画，几缕闲云飞出诗。

九寨漫游三两日，禅心仙骨已忘机。

红旗渠

劈开丛岳引漳江，飞出苍龙绕太行。

一代愚公追远梦，十年血汗写辉煌。

彩虹漫舞千峰秀，碧水轻吟五谷香。

朵朵山花溪畔放，村姑对影正梳妆。

注：红旗渠是二十世纪六十年代，林县人民历时十年在太行山腰修建的引漳入林工程，总干渠七十点六公里。世人称之为"人工天河"。

游秦淮感赋

华灯初放夜朦胧，碾碎浮光水上篷。

寻胜行吟千古句，释怀漫议六朝风。

韵飞靡靡楼堂内，袖舞翩翩指掌中。

借问南天一轮月，弦歌可与旧时同？

瘦西湖游船听琴

乌篷拂柳出青芦，吴女娉婷二月初。
流韵清弦纤手弄，飘香秀发好风梳。
听琴座上无司马，索句几前有宿儒。
一曲春江花月夜，半壶老酒醉西湖。

鹧鸪天·白洋淀抒怀

烟水茫茫烽火浓，仰天长啸满江红。大刀喋血斩倭寇，芦荡扬威飞雁翎。

浮棹影，采莲蓬，渔歌一曲唱英雄。波光潋滟朝霞染，片片云帆点点鸿。

鹧鸪天·游陶然亭

正是桃燃柳吐烟，东风相约到陶然。偷移琼圃园三亩，巧剪西湖水一环。

青冢侧，古庵前，补天播火忆英贤。笙歌阵阵婆娑舞，春满神州慰广寒。

注：园内有早年从事革命活动的高君宇与石评梅之墓冢。古庵指慈悲庵。一九二〇年及建党前后，毛泽东、邓中夏、李大钊、周恩来等，先后在此从事革命活动。

王玉明

　　王玉明，1941 年生，吉林省梨树县人。享受国务院政府特殊津贴，2003 年当选为中国工程院院士，机械设计及理论专家。现任清华大学精密仪器与机械学系教授，教育部科学技术委员会副主任，中华诗词学会常务理事，北京诗词学会副会长，中国楹联学会顾问。已有两本诗集和一本影集出版发行。

嘉峪关

遥望祁连雪，登临嘉峪关。
苍茫天地阔，思古忆烽烟。

清华园

故园钟水木，学子性灵高。
气爽青山近，月明沧海遥。
银萤辉草露，香雾笼莲桥。
晓日重楼耀，烟霞流碧霄。

南海抒怀

椰风撩鬓发，春意醉容颜。
雪浪连天涌，云霞入海燃。
花香引诗绪，涛韵动心弦。
静夜银滩上，尤怜月似镰。

万里长城

老龙头下浪淘沙，万里长城赤子家。
沧海痴寻三岛客，苍山醉赏四时花。
雪峰银月前朝梦，大漠黄河千古霞。
嘉峪关西红日落，风光满眼境无涯。

踏莎行·黄果树瀑布

雨步花溪，晴游瀑布，万斛天水飞龙吐。溯流直上更游仙，扁舟明夜银河渡。

北海波涛，南山竹树，洞庭秋草鄱阳鹭。徐侠胜迹我今超，蓬莱东去无多路。

注：徐侠指徐霞客。

浪淘沙·钱塘潮

高岸眺东方，天海苍茫，遥遥一线闪银光。壁立涛头来近处，雷暴风狂。

雪浪卷秋霜，野阔天长。波澜直溯富春江。千古英雄豪气聚，凝作华章。

寓　真

寓真，本名李玉臻，1942年生，山西省武乡县人。曾任山西省高级人民法院院长、省人大常委会副主任，国家二级大法官。现为中华诗词学会副会长、《诗刊》杂志社副理事长。著有《寓真绝句二百首》《寓真律诗小集》《寓真新诗·寓真词选》《六十年史诗笔记》《体味写诗》等。

秦淮河

烟雨秦淮灯影摇，朦胧船舶又闻箫。
媚香侠骨今何在？空照霓虹朱雀桥。

访朱自清故居

感慨文坛失正声，寻来深巷问先生。
人格独能超俗媚，始得华章传世名。

秋日寓京

重读秋声赋，深知时势艰。
观风什刹海，访道妙峰山。
公务曾繁重，我心何静闲。
城南怀旧事，落叶满长安。

谒海瑞墓

芳茵青树映幽园，霜墓风碑对海天。
故国凛然存正气，边山肃立仰高贤。
罢官一幕如雷电，抗志千秋壮雨烟。
大法奉行有艰阻，秉公还赖脊梁坚。

乙酉春日京城小住

情怀欲写笔微浓，又旅京华待好风。
八达岭前春嫩绿，三元桥上夜殷红。
添人惆怅晴和雨，随世沉浮西复东。
半壁残街成旧忆，将诗吟到玉兰丛。

纪念彭真前辈

忧民忧国志昂藏，风雨龙蛇起晋阳。
两度牢囚身铸铁，一生德望史留芳。
京都建设首功著，宪政根基初奠强。
每忆音容长慨惜，期期法治更谁扬。

江西雨中访瑞金

故迹新园沐雨青，红旗犹指旧行营。
正名自有春秋笔，误国从来左右倾。
激战五回连喋血，悲歌万里送长征。
访观不尽许多事，收伞凝听淅沥声。

赵仁珪

赵仁珪，1942 年生，北京人。北京师范大学教授，中华诗词学会常务理事，中央文史研究馆馆员。

题黄龙五彩池

瀑水随形乱地流，时时贮满小池头。
天公画罢曾抛笔，染得满山五彩柔。

登新建之鹳雀楼怀古

诗人二十字，远胜百寻楼。
楼固千年毁，诗佳万代留。
凭栏眺落日，品句豁清眸。
欲驾黄河水，挟风天际游。

漓江写生

水展青罗带，山排碧玉簪。
新晴波潋滟，细雨影婵娟。
江曲柔难画，峰奇秀可餐。
渔舟归唱晚，逝入武陵源。

游丽江、束河古镇

金沙丽水城，天地注钟灵。
古辙通深巷，小楼迎柳风。
开轩落花雨，依枕梦溪声。
会得欣然意，陶潜遇武陵。

　　注：陶渊明《五柳先生传》："好读书，不求甚解，每有会意便欣然忘食。"《桃花源记》："晋太元中，武陵人捕鱼为业。"

游婺源诸古村

碧浦绕茶林，青山枕小村。
苔檐斑驳绿，古巷参差深。
物阜知时美，民风依旧淳。
桥头聆逝水，遥想羲黄人。

登刘公岛缅怀甲午海战

一样波涛一样风，百年难尽炮烟浓。
强兵遗梦折胎内，铁甲残骸葬海东。
国耻由来非战罪，时乖无奈已途穷①。
英碑日夜临风泣，长报国民警世钟②。

　　注：①项羽临终曰："天亡我也，非战之罪也。"此语正可用于甲午海战殉难者身上。②刘公岛上有甲午海战殉难烈士英灵碑。

长安怀古

长安偏得帝王尊，一十三朝傲古今。
柏海轩辕推始祖，碑林翰墨记人文。
兵戈早已埋荒冢，钟鼓犹能忆上林。
欲厕登楼增一慨，慈恩四面起彤云。
注：当年杜甫、岑参、高适曾同登慈云寺（大雁塔）赋诗。

登乐游原凭吊秦汉宫殿陵寝遗址

废础荒陵遍帝乡，苍茫无语掩斜阳。
阿房方烬兴长乐，秦冢未颓揖汉唐。
文士多情慨今古，农夫无趣牧牛羊。
兴亡一律埋黄土，只任蒿莱较短长。
注：阿房、长乐皆长安宫殿名。

与钟振振、熊宪光教授，宁登国先生同游缙云山

缙云山上雾沉沉，化作沾衣细雨匀。
青岭含羞遮锦幄，黛湖弄秀展罗裙。
温泉汩汩流诗意，竹海萧萧细论文。
遗恨尘俗催走马，不能携手访白云。

宣奉华

宣奉华，女，1942 年生，安徽省肥东县人。曾任新华社安徽分社社长、党组书记，中国新闻学院副院长、教授、研究生导师、党委副书记。现为中华诗词学会副会长。著有《涓流集》等。

秦王川新貌

曾到秦王川底游，荒沙漠漠黯千秋。
十年引渡天堂水，喜看焦原变绿洲。

黄山西海群峰

谁遣灵峰海上来，青莲万朵雾中开。
松生绝壑颜偏翠，云漫幽崖路转回。
问道须教尘念远，听猿端自客心哀。
登临莫忘携醇醴，好共仙人酌一杯。

兰州黄河即景

两山耸峙大河旁，岸夹奔流万里长。
玉厦银虹新气象，金戈铁马旧沧桑。
沙明树碧驼铃远，塔白峰青诗兴昂。
纵目皋兰添胜景，名楼重建棹歌扬。

上焉支山

少年有梦到河西，白发凌空上翠微。
万里长城垣堑在，千秋王霸角声希。
幽禽婉转鸣秋早，清水潺湲出岫迟。
堪羡陇原大宛马，嘶风踏雪傍焉支。

镇北台远眺

百尺榆阳镇北台，长城雄峙戍楼开。
御狄凭借三关险，决策能消万姓灾。
塞上绿原征战远，寰中烽火众生哀。
神州莫道升平久，试看南疆东海隈！

水龙吟·黄山雪霁

百万玉龙抖擞，江山瞬息形容换。莲掩素裳，峰披鹤氅，琼林
璀璨。云海沉凝，冰河裂断，罡风旋转。喜艳阳普照，万物方苏，
浴晴氛，播春暖。

冻蕾银蕊齐绽，对芳菲，忧怀舒展。千岩耸翠，万壑流觞，诗
情瀚漫。四海五洲，游踪竞渡，扁舟共泛。仰黄岳参天，英姿勃郁，
遂登临愿。

甘州词·登三台阁观兰州夜景

上皋兰，眺滚滚黄河，朗月忆蟾娥。陟三台殿阁，扪星抚斗，
桂影婆娑。梦绕魂牵半纪，白首到兰州。对雄关胜概，岂忍蹉跎！

目眩万家灯火，向滔滔幻彩，如醉颜酡。听征鸿渐渺，凉爽夜风和。问渔樵，沙荒古渡，早被铁虹挪。诗怀键，待兼葭岸，重建嵯峨。

八声甘州·敦煌

正五洲游旅竞飞来，圣地佛门开。观洞室藏经，千年古卷，未许沉埋。巨像顶天立地，藻井曜崇台。灵动飞天者，不染纤埃。

鸣沙山上驼铃，白云映大漠，天地和谐。任千秋风雨，泉似月牙裁。水清澄，亭台照影；算寰区，孰与匹同侪?! 丝绸路，明珠烁烁，勋业伟哉！

陇西阳关远眺

洪荒深处觅楼兰，扑面尘沙黯远天。
威震强邻思汉武，志通西域忆张骞。
长城断续连东海，黄岛颠危扼岭南。
人到阳关歌数叠，国门四望有烽烟！

望海潮·钓鱼岛

夜阑不寐，饕蚊成阵，缘何啸聚如麻？污浊东瀛，狼心"知事"，疯癫"买岛"喧哗！怒浪卷狂沙！眺汪洋琼宇，是我邦家！风雨千秋，先民汗血、溉奇葩！

钓鱼宝岛殊佳，系黄礁赤屿，南北珠崖。声应澎湖，地亲台闽，雄踞陆架海涯。兄弟共飞槎。炎黄十三亿，拱卫中华，岂任瓜分豆剥?! 投戟戮凶鲨！

岳宣义

　　岳宣义，本名岳如萱，1943年生，四川省南江县人。曾任济南军区政治部副主任、中央纪委驻司法部纪律检查组组长、司法部党组成员（副部长级）。中国人民解放军少将。现为中国法律援助基金会理事长、中国法治文学研究会会长、中国作家协会会员、中华诗词学会顾问。已出版诗集《衔吴钩的和平鸽》《马鸣苍穹》《八千里路云和月》等。

清平乐·黄山

中国名片，覆去翻来看。如醉如痴如梦幻，酷的谁都爱恋。
外星仙子藏身，面纱揭掉惊魂。玉貌花容绝世，五洲四海来寻。

仲春游颐和园

万里龙盘一望空，无边锦绣赖东风。
闲时每忆操戈日，夜静还思打鬼功。
胡子乘宵倚势长，衰颜借酒偶然红。
王侯妃子今安在？妖媚江山各不同。

清平乐·登神农山

飞索直上，吊斗风吹晃。万仞悬崖休去望，肉跳心惊迷惘。
羊背砖瓦登山，庙堂修到云天。为了追求信仰，千难万险何妨。
　　注：神农山位于河南省焦作市沁阳境内，著名风景区。山顶有隋代修建的寺庙。

华　山

相距红尘一万重，顶天立地太虚中。
星驰云涌身边过，华夏之根不老松。

武当山

索飞直上太虚中，金顶还高几万重。
唯有忠诚和信仰，凡人手里建天宫。

人民领袖毛泽东

总视人民为舜尧，人民利益比天高。
抛亲碧血红旗染，翻转乾坤铁臂摇。
谈笑风生说纸虎，挺胸昂首傲群豪。
污泥浊水都涤荡，千古一人耸九霄。

蜀南竹海忘忧谷

一峡锦绣碧流开，竹翠川南紫气来。
飞瀑悠然霄汉落，忘忧谷里久徘徊。

注：蜀南竹海位于四川省南部的宜宾市境内，植被覆盖率达87%，为我国空气负离子含量极高的天然氧吧，是人们回归大自然的游览胜地。忘忧谷是蜀南竹海的核心景区之一，突出特点是幽和静。

向雷锋同志学习

今年依旧忆当年，任尔埋头赚大钱。
未有良知终自误，空余歪理向人言。
还须追赶光明去，不必徘徊鬼蜮前。
要借东风吹病树，逢春三度润花繁。

黄河入海流

百转千回出大峡，一开眼界便无涯。
浩歌千里奔腾去，流到牵牛织女家。

鹧鸪天·泸沽湖

王母遗珠何处寻，瑶池碧水洗乾坤。面纱神秘泸沽月，伊甸传说阿夏心。

无嫁娶，有婚姻，晨出暮入自由神。女儿国里春长在，若梦浮生若牧云。

月牙泉

王母天珠动魄魂，年年岁岁亮晶晶。
虽然四面沙包裹，千古秋波送到今。

滕伟明

滕伟明，1943 年生，四川省成都市人。曾任《四川文艺报》《四川文化报》《岷峨诗稿》编辑，四川省诗词学会副会长等。著有《滕伟明诗文集》《滕伟明诗词钞》《滕伟明诗词选》等。

雅　安

才脍鲈鱼酒未倾，黄昏风满望江亭。
霎时碧宇成锅底，白雨如山洗郡城。

二郎山

应疑烟雨到天涯，半面葱茏半面沙。
君到二郎山脊看，徐妃妆出对官家。

康巴草原

千里无尘见雪峰，牛羊舔子踏新茸。
莽原浑厚骄难匹，如对文章太史公。

拉　萨

闻道诸天有佛凭，赭衣长号喇嘛僧。
曾攀金顶三千米，拉萨无非第二层。

长　城

拍遍长城百感生，箭痕斑驳石无棱。
触碑汉将哭青冢，射母单于围白登。
寸土穿蹄方入籍，一株沃血始垂英。
敢忘先祖涂肝脑，榻侧鼾声不耐听！

东坡赤壁

要须如此造江山，拍岸惊涛卷雪团。
江夏并存三赤壁，建安只有一阿瞒。
辛酸竟吐英雄赋，叱咤何妨儒者冠。
故垒西边莫非在，舟人指点月中看。

水龙吟·闻朱祠扩建有感

当年铁马钢枪，威名初震松坡队。龙蛇斗狠，共和多故，使予心痗。呵壁莱茵，英雄一握，风云际会。便南昌奋起，井冈坚守，太行耸，金陵溃。

何必求祠宏伟！有渔樵、酒边歌内。故乡犹记，吊民饥馑，好言安慰。晚节苍凉，天高地厚，揶揄新贵。念生前身后，炎凉世态，下青衫泪。

注：十大会上，朱老总对王洪文杖指上下，谓不知天高地厚。

李栋恒

李栋恒，1944 年生，河南省南阳市人。总装备部原副政治委员兼纪律检查委员会书记，陆军中将军衔。中国共产党第十六届中央委员会委员，中国人民政治协商会议第十一届全国委员会常务委员。现为中华诗词学会顾问，中国人民解放军红叶诗社社长，中国书法家协会会员。著有《李栋恒将军诗词书法作品集》四卷。

上妙峰山

径曲空山静，林新夜雨晴。
钟声隐约处，古寺白云萦。

东海看日出

迟迟呼不出，贪泳一顽童！
果为潜行久，娇憨满脸红。

黄山迎客松

黄山遍长万年松，踞壁穿云舞凤龙。
此木缘何独名世？擅居地利胜葱茏。
注："此木"二句，意即在黄山那么多松树中，为什么唯独迎客松闻名于世？因为它占据了地利啊。

夜宿科尔沁大草原

跳出尘嚣扰，飞来花草乡。
天清星斗近，气润野原香。
篝火河边跃，琴声风里扬。
枯荣千古意，尽入马头章。

注："尽入"句，意即都融入到马头琴的乐章中去了。

查果拉哨所前孤树

西藏查果拉哨所前山口处，有一棵红柳，是当地唯一的树。

伶仃孤苦立嵥岈，落籽何缘天一涯。
似碗年轮犹少壮，如翁躯干早歪斜。
狂风撕扯凋冠盖，飞石轰摧满茧疤。
岁岁顽强报春至，军人注目气升华。

黄果树瀑布

青峰远隔已闻声，翻转银河虹彩萦。
壁秉威严刚者气，瀑喧奔放快哉情。
九重白闪洪雷落，百万黄钟大吕鸣。
唤起生机四时发，花争颜色木争荣。

过卢沟桥

当年鸠夺鹊巢枝，恶鬼穷凶弃画皮。
永定河滩洇热血，宛平城堞显雄姿。

群狮应记沉眠耻，晓月毋忘久缺悲。
满目繁华危尚在，还须深悟国歌词。

游文武赤壁后作

昔日长江战火红，千秋演义话无穷。
壁分文武皆神往，事历沧桑久梦通。
沉郁词人留绝唱，风云将帅建奇功。
遭逢一世何由己，随遇生辉是杰雄。

注：文武赤壁，文赤壁位于湖北黄州，因苏东坡在此留下千
古绝唱《念奴娇·赤壁怀古》而得名。武赤壁位于赤壁市（原蒲
圻市），是三国时期著名的赤壁大战遗址。

南乡子·鸭绿江残桥

弹洞满钢桥。滚滚硝烟若未消。诉说当年鏖战事，堪骄！青史
千秋记自豪。
隔水望遥遥。层叠山峦浓淡描。无数英魂眠彼处，滔滔！心似
江波醑绿醪。

注：鸭绿江残桥，在中朝界河鸭绿江上，当年美军轮番轰炸
的铁桥仍然矗立，上面布满弹痕。

临江仙·雷锋赞

常忆当年初立国，党风民俗清纯。高标君树耸凌云。九州春意
闹，万象面容新。
美德传承兼信仰，汇成时代精神。千磨万折不沾尘。山河同永
远，日月共存真。

怀念焦裕禄（二首）

桐树沙丘夸好官，黄河娓娓忆清澜。
心如红日暖村户，血绘兰图驱苦寒。
星感悯农忧世目，雨悲穿椅拄车肝。
流光岂减英灵色，水水山山见寸丹！

注：焦裕禄时患肝癌，为强忍疼痛坚持工作。在室内，他以物顶肝，以致把藤椅顶破；在去村镇路上，他以自行车把顶肝，弯腰前行。

君矗高标华夏红，感天动地气融融。
泪挥顿化催苗雨，誓出浑成破浪风。
共苦同甘鱼得水，齐心协力业升空。
而今长念焦书记，呼唤强根固本功。

张桂兴

张桂兴，1944 年生。曾任北京市民政局副局长。现任中华诗词学会副会长、北京诗词学会会长。著有《诗论选》和诗集《鸟巢集》等。

香山香庐峰

信步香庐顶，雾开四望通。
抒怀添壮志，致远碧云中。

夜宿捧河湾

岭上一钩月，山村几处灯。
白河屋后唱，入梦伴蛙声。

月牙泉

大漠雍容抱月牙，夕阳西下枕鸣沙。
游人赤足登攀处，似奏琴弦响浪花。

瓜洲渡口

风雨瓜洲渡，江河汇水平。
纵横帆影远，断续汽笛鸣。
同是一轮月，何堪两样情。

诗廊吟不尽，更上望江亭。

武当山

雾锁凌绝顶，云飞入寺门。
松吟玄妙意，山铸道家魂。
习武拳刀剑，修持精气神。
功夫形在外，心至是天人。

三峡移民

一位三峡移民，常回到江边故居，眺望过往船只……

时常伫立大江边，渔火霞光送客船。
神女沉思殊往日，巫山扬臂指新天。
竹兰院舍今何在，稻黍良田向哪边？
过眼沧桑多少事，九州无处不桃源。

浣溪沙·香山秋韵

遥看香庐枫叶红，满山秀色沐秋风。通幽曲径诉衷情。
漫步林间霞已染，京城万户上华灯。一双剪影半山亭。

采桑子·古田会议遗址

古田星火燎原势，燃遍龙杭。照亮汀江，绿树青山皆武装。
红军本是人民养，粗米瓜汤。浴血疆场，万里征途迎曙光。

卜算子·夜观雁荡情侣峰

雁荡月清圆，剪影来天半。情侣重逢欲掩羞，扯片云遮面。
相视诉衷情，永世青山恋。风雨相依天不老，日月星相伴。

沁园春·长安街

十里长街，横贯京城，历尽沧桑。看王朝末代，民生涂炭，列
强践踏，国土沦亡。十月惊雷，红楼呐喊，直倒三山更旧章。雄师
醒，唤人民站起，国屹东方。

古都再铸辉煌，鼓各界、英豪志气昂。荡污泥浊水，开新天地，
振兴伟业，民富国强。今日长安，华灯溢彩，锦簇繁花披盛装。通
衢路，那车流人涌，直奔康庄。

沁园春·圆明园

意境天成，溢彩流光，碧水青山。采香庐枫叶，苏堤岸柳，五
洲集萃，绝世皇园。英法联军，烧杀抢掠，断壁残垣不忍看。沧桑
史，嘱千秋万代，铭刻心间。

今朝地覆天翻，看经济腾飞耀宇寰。让西方刮目，东方感叹，
金砖四国，一马当先。世界之林，傲然挺立，社会和谐民泰安。凭
栏处，醉花香鸟语，满目霞天。

林　岫

　　林岫，1945年生，浙江省绍兴市人。中国新闻学院原教授。现为中华诗词研究院顾问，中央文史研究馆书画院院部委员，中国国家画院院部委员、研究员，北京文史研究馆馆员，中国楹联学会顾问，中国书法家协会顾问，北京书法家协会主席。主要著作有《古文体知识及诗词创作》《诗文散论》《林岫诗书墨萃》《紫竹斋诗话》《林岫诗书》等。主编《全球汉诗三百家》等。

洞庭湖中秋待月

　　君山凝紫处，波影逐舟来。
　　有声心不觉，只待月华开。

车过巩县怀杜少陵书感

　　笔写黎元张一军，诗穷工后独称君。
　　霓裳今已寻常调，多少花家曲入云。
　　注：杜甫《赠花卿》诗，花卿即花敬定，唐代武将。

瑞鹧鸪·镇江之苏昆感事

　　江南处处足淹留，钟阜金焦又虎丘。芳草四时皆入画，生机一片最宜秋。
　　吸江吞海千般景，能洗尘间万斛愁。睫在目前偏不见，吴儿应悔借荆州。
　　注：吸江吞海，指焦山之吸江楼和金山之吞海楼。

临江仙·焦山吸江楼骤雨甚可观

墨压嵯峨惊尺雪，吸江楼上烟涵。四檐急溜雨风兼。白珠敲瘦竹，青电透疏帘。

路失混茫成险涉，狂涛飞送千帆。蓑衣俯仰浪花尖。向来江上意，翻覆味难堪。

鹧鸪天·山东荣成金角湾渔家做客

浅浅深深一片花，疏疏密密几人家。葡萄架下迎佳客，扫径铺盘枣似瓜。

陶圃酒，赵州茶。紫茄青豆活鱼虾。孙儿疾报东邻贺，又买春城一部车。

朝中措·雨霁乘筏九曲溪

水乡清楚雨生奇，泼黛染山坡。茅竹岚烟初散，鹧鸪唤出春熙。

白波无际，青痕无际，归筏迷离。岸上酒家得意，竿挑篆字新旗。

生查子·兰溪访诸葛亮后裔族居八卦村

隐山傍水居，碧瓦重重屋。八卦影波摇，两表家风肃。

高节花，清骨竹。门宇迎朝旭。代有好儿孙，青史光生幅。

刁永泉

　　刁永泉，1945 年生，陕西省勉县人。中国作协会员，陕西省诗词学会顾问，汉中诗词学会会长。曾任陕西作协理事，汉中市文联副主席。出版《刁永泉诗选系列》、英汉对照《刁永泉短诗选》等新诗 8 部，另著有《虚白室吟稿》等。

秦岭晚行

　　萧萧枫涧暮，云断秦关路。
　　长啸问空山，回声遗野渡。

谒蔡伦墓

　　片纸涂污必自羞，每逢落笔总低头。
　　伪书俗墨乱天下，悔煞龙亭一蔡侯。

韩信拜将坛即兴

　　独上重台四望空，吹衣欲舞汉家风。
　　回看碑字凌霄处，一抹残阳似血红。

登汉中天台山

　　独步青虚上，空蒙大宇开。
　　清风明汉浦，灵气隐蓬莱。

酌斗呼山月，题诗上玉台。
回看云锦地，杳杳散浮埃。

登黄鹤楼

独立水天界，悠悠太古风。
云飞清宇末，月涌大江东。
登旅皆过客，浮舟若断蓬。
江流来不尽，黄鹤去无踪。

泰山日观峰待日出

扶桑肃望揖沧海，欲与东君归去来。
野籁寥寥残月冷，谷风瑟瑟阵云开。
玉鸡梦觉啼神树，龙驾惊飞破霰埃。
大醉倚天天亦醉，金乌共我舞徘徊。

汉中三国古战场

兵家一去阵云收，烟草离离牧野秋。
蜀道津关通汉魏，军山古木枕江流。
贩夫荷担思流马，田汉耕荒出箭头。
夕照陵丘樵叟卧，闲谈三国武乡侯。

汉江漂流

烟雨轻舟汉水头，停篙住桨任漂流。
峡山揖手争迎送，云影牵衣邀去留。

万里清波奔夏口，一舱明月下荆州。
前生恍惚东坡是，赤壁箫歌疑旧游。

卜算子·雨后秋游汉山

雨霁汉山秋，云壑相违久。啼鸟林飔谑笑声，叶叶舒吟口。
照影浴澄泉，胸腑清莹透。泉石憎人市井来，皮骨皆尘垢。

沁园春·瞻华岳

望远凌虚，阅尽沧桑，万世晦明。自襟河枕渭，宾天揖海，参
商朋侣，日月逢迎。云发霞巾，风歌雨啸，寥廓鸿蒙适院庭。登临
意，逐古今征旅，一快平生。

清霄欲上难凭。正雾嶂重关鸦号声。但孤峰独步，直询天道，
穷途不返，无悔前盟。身碎尘埋，魂消羽化，比翼鲲鹏朝北溟。休
回首，向日观峰上，酌斗扪星。

易 行

易行，本名周兴俊，1945 年生，北京人。线装书局原总经理兼总编辑。现为中国作家协会会员、中华诗词学会副会长、中国毛泽东诗词研究会副会长、中华诗词研究院第一副院长等。著有《神怡集》《远望集》《探寻集》《中国诗学举要》《论诗人与诗的崛起》等。

毛泽东诞辰一百二十周年感赋

功似珠峰立，过如冰雪崩。
仅凭诗半百，便可耀长空。

在恒山悟道

北岳神仙路，真能上九天？
空山观莽莽，深谷悟潺潺。
细草峰巅立，苍松壁下悬。
落花随水去，欲唤竟无言。

二上五台山菩萨顶

岭上苍松身未退，路边野草已更新。
横穿佛顶三千界，来证青山不老因。

钱塘观潮（四首选一首）

人头攒动水天摇，万里疆开线一条。
海啸山呼突拱起，浊流过后是新潮。

到洞庭

人生快意踏歌行，把酒长江万里风。
不赶流云青海上，来迎豪雨洞庭中。

心在天山

不恋荣华不恋权，宽松简朴度年年。
自从心在天山上，静水盈池总湛蓝。

长　江

万里长江万古流，开天一笔画神州。
横分五岭千城筑，纵贯三川百库修。
峡上平湖生朗月，渠间绿水孕金秋。
太白豪气今犹在，能不狂歌笑美欧？

黄　河

千回百转走苍茫，壶口龙门锁愈狂。
大浪拍山抒壮志，激流吻地诉衷肠。

铺开一路花千里，挥就两京赋万行。

百代悲天黄泛史，一齐化作稻菽香。

长　城

一山青翠半山松，都是秦皇去后生。

昔日残楼如断戟，今朝完璧似雕龙。

太平不在边关闭，昌盛全由内政通。

国大无方空万里，民心才是铁长城。

故宫秋望

车似流云树似洲，无穷金碧染中秋。

大旗猎猎迎红日，广厦巍巍映角楼。

笑语喧天金水上，欢歌震地景山头。

远观心有雄风过，一洗清廷万世羞！

泰　山

突出一柱起红尘，势带千山万木春。

极顶凌霄拥日月，危崖坠瀑震人神。

风来似有惊天叹，雷滚能无动地吟？

五岳独尊非浪语，神州赖以壮国魂。

从大明山到天目山

向往此山秋复冬，猛然一见更情钟。

我心无垢澄如水，她意率真纯似风。

幽谷诚心怀旧日，深潭平静映明星。
登峰或可开天目，看破红尘几万重。

乘厦门海警舰出海有感（二首）

随船出海觅雄浑，巨浪长风系一身。
以住苍茫抛脑后，眼前壮阔入胸襟。
远楼幢幢如积木，近日重重似红唇。
千顷波中观万象，才知一岛一乾坤。

岛礁无语立黄昏，警舰冲腾烈马奔。
舷后波翻千顷雪，船头旗挂一天云。
绿风已为胸襟舞，红日才跟海面亲。
华夏图强真似此，排山冲浪到明晨。

自律词·五大连池

火山一举千年叹，五大连池顿现。遍地焦黑，漫山青紫，湖水连天暗。夕阳一抹，彩珠一串，都是印花宝鉴！

夜深人静轻声唤，万古风云变幻。地覆天翻，桑田沧海，谁主霄汉？看寒星点点，冷月弯弯，霓虹片片。

自律词·青藏高原

也是远古呼唤，也是千年企盼。青藏高原，广袤、深邃、浪漫！一条神奇天路，万里霞红云淡。牦牛、踏出牧歌千百卷，卷卷都是翻身赞。

拉萨南北和风，雪域圣城璀璨。大昭小昭药王山，珍珠玛瑙一串串！八廓街前从头看，豪爽当属康巴汉。一曲卓玛歌，满脸春光绽。

自律词·诗人毛泽东

你倚天抽剑，裁昆仑，换日月，平天堑。挽狂澜于既倒，领乾坤以自转。将九万里山川秀色，全化作、词锋诗眼。

沁园春，渔家傲，念奴娇，菩萨蛮。令同好拍案叫绝，让来者望洋兴叹。胸罗雄兵百万，怎能不、气冲霄汉！

水调歌头·登庐山望远

访古不辞远，谒圣不厌高。庐山顶上一望，思绪浪滔滔。想大江东去后，铁板铜琶齐奏，谁和念奴娇？一曲昆仑莽，豪放入云霄。

太白讶，苏子叹，是今朝：万峰耸翠，千城屹立彩云飘。处处莺歌燕舞，岁岁神舟火箭，航母挽狂涛。万象入诗绿，澎湃胜春潮。

东风第一枝·习词《念奴娇》读后

斗转星移，云消雾散，京华又一春晓。霞墙柳浪车潮，风吹碧波浩渺。红旗猎猎，迎旭日，民心晴好。交口争说念奴娇，百字令人倾倒。

赞裕禄，心连兰考。魂仍在，精神不老。为民甘做公仆，为国甘当地脚。英雄本色，五十载，育人多少？会澄碧，共献涓滴，共向明天迅跑。

注：百字，《念奴娇》词又名《百字令》。

李树喜

李树喜，1945 年生，河北省安平县人。高级记者，作家，光明日报出版社原社长兼总编辑。现为中国人才研究会教育人才专业委员会副理事长、中华诗词学会副会长、中国毛泽东诗词研究会副会长。著有《杂花树》《诗词之树》和《诗海观潮》等。

题鹳雀楼

众鸟疑飞尽，黄河几断流。
欲知百姓事，请下一层楼。

韶山毛泽东故居

虎踞龙盘势，豪书大写人。
有瑕不掩瑜，毕竟转乾坤。

从启东到武当山

昨日曾观海，今朝来看山。
霞飞金殿角，心动白云边。
谁解玄深妙，宜为红绿蓝。
神仙皇帝事，揽月带诗还。

雷锋纪念馆二则

不负金秋似火红，新城古堡走辽东。
有缘更渡弓长岭，来拜雷锋又一峰。

常忆当年子弟兵，辽阳处处说雷锋。
何时人脑生金锈，只认官权不作丁。

注：雷锋纪念馆在辽阳弓长岭区。

钱塘大潮二题

赴约钱塘最守时，海天物我不相欺。
怒潮拍得神州醒，合是人间第一诗。

醒狮振起恃风雷，卷地冲天何壮哉！
海事未平边未靖，明朝更起大潮来。

三峡组诗五则（选四首）

嘉陵江

暮色山城一望中，十年相望又相逢。
人生可似长江水，载了春秋还载冬。

过丰都

晓风破雾近阎罗，生死报应堪奈何！

遥望丰都勿须下，平时见鬼已偏多。

注：船过丰都，接近鬼城，望而未下也。

神女峰

船在江湖客在船，巫峰出没暮云闲。

诗人镇日说神女，及到深宵梦不圆。

白帝城

白帝托孤薄雾中，英雄难改水流东。

知其不可而为也，赞孔明时哀卧龙。

旅次过邯郸

车过临漳天欲明，黄粱咫尺梦难成。

官权有让钱赎滥，美女多由戏捧红。

股票腰包说贬扁，粮油价码看腾升。

迷魂于我招何处，不叹卢生叹众生。

芒砀山

芒砀逶迤秋渐深，当时刘季起微尘。

斩蛇一剑氓成圣，征战千旗汉代秦。

邻里茫然识衣锦，大风何处觅知音！

游人不解兴亡事，指看山间紫气云。

注：史传刘邦隐藏山中，遥望有紫气云。

岳阳楼感怀二则

遥叹灵均百事休，犹闻老杜唱沙鸥。

屡经变乱难为爱，除却悲秋也是愁。

岸渚澄明天照水，渔歌沉寂月临舟。

可怜千古范公句，不在人心在酒楼。

未至洞庭先有辞，读通范句汗淋漓。

世间清浊堪难辨，谁个先公而后私！

天若无情天便老，月如有恨月常离。

巴山夜雨连江海，相忆杜陵歌哭时。

临江仙·到扬州

滚滚舟车淮左路，江天雨断云鸿。绿波溅溅浥邗城。莺声林苑绕，美女画中行。

烟柳荷桥明月瘦，几番成败功名。丹青弦管唱新晴。分茶论青史，把酒看潮生。

八声甘州·甘州

把一支玉笛走阳关，金风下凉州。见秦时明月，汉家酒井，西夏残楼。昔日羌戈胡马，云影未淹留。新起丹霞阵，艳压城头。

不似前番梦境。则斜阳巷陌，浅喜深忧。对星移物换，思绪回难收。叹耆卿，游踪未至，弄几回、舞榭唪歌喉。谁知我，漫斟低唱，醉卧沙丘。

注：柳永字耆卿。宋廷疆域止于河西。故柳永虽以《八声甘州》著，却不曾到过。

马 凯

马凯，1946 年生，上海市人。中国人民大学经济学硕士学位。先后在地方和中央经济综合部门工作。曾任国务委员兼国务院秘书长，现任中央政治局委员、国务院副总理。

沁园春·纪念毛泽东逝世一周年

才断天梁，又陨巨星，犹在梦中。见嫦娥舒袖，泪盈寰宇；吴刚捧酒，情满苍穹。马恩起身，列斯炙手，周引朱接上九重。携杨柳，众导师相聚，共论大同。

五洲骇浪排空，问大业怎容半道终？看爬虫尽扫，赤旗仍耸；狂澜力挽，百舸乃东。指画宏图，布新除旧，重整河山腾巨龙。慰先烈，有神州鼎立，几亿英雄。

一九七七年九月九日

蝶恋花·纪念毛泽东诞辰一百一十周年（三首）

革命篇

长夜沉沉难破晓。路在何方，北斗井冈耀。信手排兵神算妙，瓮中顽寇知多少。

挥指八年驱虎豹。直捣黄龙，所向披靡扫。压顶大山三座倒，东方既白春来报。

建设篇

万物复苏闻号角。重整河山，求索中兴道。亿万愚公齐步调，神州大地添新貌。

任尔风狂旗不倒。两弹惊空，从此无人藐。九曲大江奔未了，日斑何损光辉照。

魅力篇

敢问沉浮谁主导。武略文韬，指点寰球小。横目千夫魑魅扫，鞠躬百姓人师表。

骤雪飞时梅更俏。千古绝篇，多少人倾倒。功过是非争未了，人民自是情难老。

二〇〇三年十二月

忆秦娥·怀念周恩来总理

清明节，音容又现群声咽。群声咽，丰碑心立，永难磨灭。

大鸾展翅弥天裂，殚精竭虑图宏业。图宏业，高齐泰岳，皓如明月。

一九七七年

纪念邓小平百年诞辰

少年求索乘云帆，百色揭竿已掌鞭。
逐鹿中原驱倭寇，鏖兵淮海扫狼烟。
扶危拨乱乾坤手，革故鼎新锦绣天。
三度沉浮忠胆在，一腔热血报轩辕。

二〇〇四年八月

钱塘观潮

遥看天边一线来，涛声渐奏万骑雷。

拔江立水排空过，试问谁能掣浪回。

一九八四年九月

瘦西湖游

瘦西湖畔泛舟游，借取春风信手留。
一棹荡开两岸绿，几弦唤出百花稠。
烟云雾柳朦胧画，曲水回廊错落楼。
难怪骚人多聚此，诗中美景竞相收。

一九九二年

兰亭探游

流觞曲水竞高歌，醉笔兰亭冠墨河。
剑舞云游随惬意，泉奔龙走任欢波。
势斜反正山旁树，欲断还连池上鹅。
但把永和神韵借，新毫也敢试婆娑。

一九九九年二月

初游九寨沟

巧逢九九九连九，久愿今偿九寨游。
古柏苍松齐天绿，梯湖飞瀑抱山流。
七颜树下难移步，五彩池中好泛舟。
仙境何须寻梦里，一游九寨再无求。

一九九九年九月九日

与夫人秋游香山

霜过层林枝染赤，风来小路叶堆黄。
山衔落日霞为伴，水映浮莲影作双。

二〇〇〇年十月

天净沙·大研古城

石桥木府竹楼，小街水巷清流。唐乐宋筝今奏。古城依旧，却
看春闹枝头。

二〇〇〇年十月

天净沙·玉龙雪山

松裙雪髻烟绡，玉肌冰骨云腰。脚下奇峰绝峭。群山皆小，手
伸人比天高。

二〇〇〇年十月

春游北京植物园

东风一夜绿山坡，花海人潮竞比多。
翠柳千条枝舞媚，绯桃万簇浪翻波。
香摇麝气袭心醉，色泛金光望眼夺。
盛世游人春满面，纵无彩笔也高歌。

二〇〇一年四月

漓江行

细雨驼峰翠，微风扁叶悠。
云开江览胜，雾绕岭含羞。
有水皆明镜，无山不蜃楼。
一湾一道景，摇橹画中游。

二〇〇一年五月

登泰山

玉皇顶上拂云去，老丈石前揽日来。
布子排峰棋信手，挥毫抹绿画由才。
九霄大殿通天地，万仞摩崖论盛衰。
又送千江东入海，无垠宇宙尽收怀。

二〇〇二年二月

清平乐·壶口观瀑

黄龙天泻，猛虎翻腾跃。贯耳霹雷峡欲裂，万马千军奔切。
卷沙裹浪挟风，喷烟吐雾飞虹。壶口一收直落，排山夺路向东。

二〇〇二年四月

游袁家界

蒙蒙细雨探奇峰，漫步天梯上九重。
云往云来藏峻秀，雾弥雾散露峥嵘。
深渊万丈桥飞壑，大笋千根柱砥空。

叠嶂翠屏天作画，无由不信有神工。

二〇〇三年十月五日

登岳阳楼

四水汤汤汇洞庭，名楼鸟瞰大江横。
万家忧乐收心底，千古文章震耳鸣。

二〇〇三年四月

采桑子·观云居寺石刻

一锤一錾沧桑送，不是愚公。恰似愚公，六代千年旷世功。
经石万块绵延列，不是长城。恰似长城，一样丰碑寰宇中。

二〇〇四年六月

时　新

时新，1946 年生，山西清徐县人。中华诗词学会常务理事，山西诗词学会常务副会长，《难老泉声》主编。

登嵩山

秋田漠漠黍棉香，有客登临坐晚凉。
古寺白云皆净土，唯留明月照诗囊。

过固关

四月太行天尚寒，长城旧史迹斑斑。
春红夏绿间相杂，细雨梨花过固关。

漓江上

漫江碧玉带云流，一棹划过翠竹头。
远岸方消连夜水，遥遥又见野花稠。

雁丘情深

划断暮云孤羽收，哀声如泣入寒流。
河汾从此多情事，生死相随土一丘。

出　塞

千里望天山，驱车出玉关。
寒云沙海上，孤日雪峰间。
风射黄芦劲，霜凝红柳斓。
荒原任纵马，怅然过楼兰。

访韶感事

春风依旧柳千条，日夜神州忆舜尧。
草树迷茫雏鸟落，关山远渡大鹏摇。
横流瀚海涛声急，直上云天暮色消。
每梦桃源今觉在，烟波满目是新潮。

威海刘公岛

当年甲午失忠魂，万里海疆千里坟。
国士有灵常涌浪，游人随意走肥臀。
沉舟不见遗残炮，废垒无言数弹痕。
回首沧波红日远，炊烟暮霭笼西村。

南　京

烟雨秦淮一梦遥，金陵旧事已萧条。
新城高宇起晨雾，故垒楼船打暮潮。
入枕涛声栖玉树，隔帘酒气隐渔樵。
丹枫摇落秋江冷，谁忍遗人说六朝？

萧宜美

萧宜美，1946 年生，福建人。高级经济师。现任中华诗词学会理事、江苏省诗词协会理事、苏州诗词学会副会长、沧浪诗社副社长。著有《萧宜美绝句选集》第一、第二卷。

珠穆朗玛峰黄昏颂

夕阳如火散红金，古典银装如换新。
蓝色披风连广宇，珠峰最美在黄昏。

五指山遐想

拔地青山伸巨手，张开五指不遮天。
愿握天下八方客，海角风云可醉仙。

武夷山素描

海子横空皆秀姿，大王玉女望晴痴。
一溪碧玉多峰影，半壁红袍几绿枝。
　　注：海子，造山运动使海底隆起，才有武夷山，故称之。大王即大王峰，玉女即玉女峰，皆为武夷山名峰。

龙虎山即兴

龙虎深藏阵雨浓，竹排漂越古时空。

天师苦炼留丹色，我上孤岩凑百峰。

注：龙虎山位于江西省鹰潭市。景区有99峰，据说东汉中叶时张天师在此炼丹，"丹成而龙虎现，山因得名"。

镜泊湖

船疑路尽山缺口，水似途穷岸转弯。
万古深沉藏日月，自磨明镜照人欢。

长白山天池

野花残雪淡云晴，百韧深藏一片清。
我欲飞身飘落去，追波拥抱水精灵。

敦煌月牙泉

沙山永驻守清泉，含月碧波无限天。
千古谜团皆美丽，深藏诗矿产名篇。

也望庐山瀑布

诗仙疑望落银河，千古名篇挂满坡。
唯剩腾云空白处，秀峰借笔我当歌。

注：李白所望庐山瀑布在秀峰，秀峰位于庐山南麓。

南湖颂

春风得意雨如烟，垂柳情深无限天。

万里征程起锚处，停泊红色第一船。

红军山感赋

碑刻长长英烈名，青春似火献忠诚。
大山血染松林翠，默默无言敬永恒。

注：红军山位于遵义。山上的一排青石碑刻着三千多名烈士的英名、籍贯以及出生年月，几乎都是年轻人。

西柏坡抒怀

柏树青青流水长，征程黑夜正消亡。
泥墙小院群贤会，托起黎明亮四方。

再访韶山

春寒料峭雨茫茫，漫步随心记忆长。
仰望伟人回故里，青山绿水共辉煌。

注：本人四十年后又一次到韶山，仰望毛主席铜像，思绪万千。

邓世广

邓世广，1946 年生，辽宁省阜新市人。原新疆中医学院图书馆馆长。现任中华诗词学会理事、新疆诗词学会副会长。

长城老龙头

襟山带海镇雄州，弥望苍茫骋醉眸。
千古硝烟今散尽，豪情仍在老龙头。

雨中登泰山

趋炎曾恐玷微名，今亦扶筇向上行。
十八盘前登碧落，三千界下看苍生。
潇骚雨洗征尘净，浩荡风催步履轻。
我比泰山高五尺，云端不怕震雷声。

登榆林镇北台

羌管胡笳久未闻，吟眸尽处接烟村。
凉州曲老发诗思，古磴尘轻留屐痕。
雁影因人凭雉堞，秋声催我奉彝樽。
高台不复狼烟起，依旧巍巍镇国门。

游哈布图哈怪石峪

尽道风情此处新，芒鞋踏破探嶙峋。
巉岩屏处惊犀虎，茂树摇时隐凤麟。
总见人间多狗面，盍从峪里续狮身。
回眸崖畔山僧笑，似度迷途不返人。

铁门关怀古

天山弥望雪皑皑，梦断前朝画角哀。
一剑横关飞鸟绝，两峰衔月暮云开。
题诗轻掷封侯笔，对酒长怀倚马才。
人去空余门似铁，依稀风送戍歌来。

沁园春·游吐尔加辽草原

爱此蓝天，爱此青山，爱此草原。爱澄明空气，绝无污染；轻飘云朵，颇似悠闲。树掩微风，花迎旭日，恍在清幽伊甸园。回眸处，见芳丛蝶舞，碧落鹰盘。

前尘如幻如烟，又谁信余生劫后缘。幸丹方未缺，忧贫尚早，丹忧未泯，忧道非难。太上忘情，太愚忘我，原在忘情忘我间。闻呼唤，笑痴人梦短，不是邯郸。

郑欣淼

郑欣淼，1947 年生，陕西省澄城县人。文化部原副部长，故宫博物院原院长，现任中华诗词学会会长。著有《雪泥集》《陟高集》《郑欣淼诗词百首》《古韵新风——当代诗词创新作品选辑·郑欣淼作品集》等。

华山仰天池

已在高天还仰天，了无碍障即为仙。
白云千载池中影，俯视三秦点点烟。

一九九〇年六月

包公祠

香花墩上暗香播，铁面千秋自不磨。
远客爱看龙虎铡，只缘人世鼠狐多。

一九九一年五月

黄河壶口瀑布（三首选一首）

气势犹如怒海潮，罡风飞瀑更雄骄。
莫言寒沫湿衫履，伫立依依舍吝消。

一九九一年十月二十六日

青海湖

天公有意缀韶光，万顷琉璃置大荒。
望眼连天波似海，沿湖蜂蝶采花忙。

一九九六年七月

黄帝陵

桥山古柏有深根，每到清明看翠云。
华夏图强梦多少，年年都在祭陵文。

二〇一二年四月十日

登嘉峪关城楼

边墙关塞老，岁月古今稠。
楼映祁连雪，野行戈壁舟。
墓砖思魏晋，锋镝想貔貅。
心绪亦东向，苍茫象外搜。

二〇一二年七月十八日

杜甫草堂

浣花溪畔已黄昏，独入草堂寻旧痕。
森柏有忧怀蜀相，水鸥无趣寄江村。
苍生每念洗兵马，良将常思筑剑门。
好句千年吟不尽，犹期广厦满乾坤。

一九八四年十月

樊川即景并序

　　樊川在长安少陵原与神禾原之间，潏河从中穿过，物产丰饶，风景极佳。唐代显贵多于此置田庄别墅，韦曲、杜曲更是诸杜聚居之地，所谓"城南韦杜，去天尺五"。此地又有兴教、华严等八寺，号称樊川八大寺，有的为宗派发源地。余出兴教寺山门，俯视樊川，细雨轻风，烟笼翠浮，苍郁一片；对面终南，峰峦影绰，诚如诗如画。

一川翠黛漾流光，已送清香麦未黄。
韦杜两门空旧望，祖庭八寺有残幢。
信知胜景这边好，尤悟唐诗此际昌。
潏水犹看余韵在，动人还是俭梳妆。

一九九六年五月十四日

登大雁塔

别来廿载正重阳①，雁塔登临放眼量。
犹见关河唐气象，更思陵阙汉文章。
蹉跎春月天难老，萧瑟秋风叶渐黄。
我亦怀忧非旷士②，但惭无有济时方。

二〇一〇年十月十六日

　　注：①一九九一年十一月，余曾陪客人登大雁塔；二〇一〇年重阳节，余参加第四届长安雅集活动，再次登临。②杜甫《同诸公登慈恩寺塔》："自非旷士怀，登兹翻百忧。"

水调歌头·景山万春亭远眺

花柳各争胜，城阙正春喧。沉沉一线中轴，气象逼云天。次第巍峨宫殿，左右堂皇坛庙，辐辏涌波澜。西北五园迹，遐思到邯郸。

阪泉血，燕市筑，蓟门烟。几多龙虎挛掷，得意此江山。漫道金元擘划，更叹明清造建，宏构震瀛寰。总是京华好，一脉自绵绵！

二〇一二年七月三十一日

高阳台·连战先生参观故宫

二〇〇五年四月二十八日，台湾国民党主席连战一行参观故宫博物院，余陪同并做讲解。当日，连战曾为故宫撰写长联，企盼两岸统一。彼听出余之陕西口音，又曾闲话台湾陕西风味食品。同胞之情，令人流连。

御苑花娇，宫墙柳媚，京华正是春明。有客来朝，且欣文脉绳绳。自当数典难忘祖，赋长联、一诉衷情。揭新章、共扫沉阴，共看霞蒸。

乡音又把乡思引，想呜呜击缶，刚亢秦声；更有佳肴，教人齿颊津生。山河万里团圆梦，任谁能、水隔云横。但铭心、永固金瓯，相爱鹣鸰。

二〇〇五年四月

水龙吟·秋游富春江

富春百里风烟，萧萧秋色来天际。苍茫叠嶂，晴明岸树，沙洲禽戏。勋业孙郎，高风严子，郁家兰蕙[1]。看古今雅韵，山川人物，浑无尽，澄波里。

美景自应沉醉。有宏图，大痴曾绘[2]。笔凌畦径，思通造化，赫然神似。聚讼纷纭，难分真赝，笑贻清帝[3]。更藏传轶话，烬余合璧[4]，岂冥冥意？

二〇一〇年十一月

注：[1] 孙权，字仲谋，吴郡富春（今富阳）人，孙坚次子，终成三国孙吴帝业。严光，字子陵，与光武帝同学，光武帝建立

后汉，召为谏议大夫，不就，隐于富春山中。郁达夫，富阳人，近代著名作家兼革命者，其兄郁华为人刚正，同情革命，二十世纪三十年代末遭暗杀。②黄公望，字子久，号一峰，又号大痴道人，元山水画家，所画《富春山居图》，后人誉为"画中兰亭"。③清宫先后入藏子明、无用师二本《富春山居图》，乾隆帝谓子明本为真，无用师本为赝，该图真赝之辩自此而起。今之论者多谓子明本为赝，无用师本为真。④相传《富春山居图》之无用师本清初为云起楼主人旧藏，藏者临终欲以该本相殉，取以付火，为戚属抢出，自着火处剪去一段，即后来浙江省博物馆所藏之《剩山图》。据传台北故宫藏无用师本与浙藏《剩山图》将于二〇一一年于台北合璧展出。

金缕曲·半坡访古

河涘看堂宇。又依稀、草莱才辟，叫呼邪许。人面鱼纹多趣味，符号如谜待诂。逞妙想、抟泥栩栩。爱美当为人本性，骨笄横、静女添娇妩。创造始，曙光吐。

半坡余韵谁承绪？六千年、周秦气概，汉唐风度；更有长安繁盛地，一脉分明步武。正胜日、春酣访古。浐水已非他日浪，算而今、夜月曾凭睹。新草绿，燕低语。

一九九六年五月

贺新郎·凤阳明中都皇故城遗址

濠上龙兴地。大明朝，中都紫禁，尽销王气。颓落午门寻威势，坛殿残基次第。待指点、高墙遗址①。雕石劫余犹横竖，绿波摇，稻菽添生意。披夕照，护城水。

逝川渺渺烟云碎。但规橅，北京宫阙，已相承继。雄略当推朱皇帝，荒馑偏多桑梓。花鼓响，声声和泪。山野兼葭仍如旧，晓风催，换却人间世。恁独树，小岗帜②！

二〇一〇年六月

注：① 中都皇城东侧建有"高墙"，尝多达五十八宅，专门禁锢朱明皇室罪犯。清代以后遂废，仅有遗址存焉。② 一九七八年十二月，凤阳县梨园公社严岗大队小岗生产队于全县率先实行农业大包干到户责任制，揭开中国农村改革序幕。

贺新郎·梅岭古道

梅岭何奇崛！更雄关、扼喉抚背，楚天南粤。十万秦兵存迹否？开凿唐功尤烈①。念往昔、阛阓踵接。野草休看侵古道，石阶残、多少风云阅。天地转，几时月？

擅名梅国梅堪说②。一枝春、红梅如火，白梅如雪。迁客流人梅折处，留得诗中凝血。又遍诵、将军三阕③。隐隐粉云苞正孕，老干枝、商略冲寒发。且骋望，自心热。

二〇一一年十月

注：①梅岭即大庾岭，当赣、粤交界处。唐开元年间，岭南道按察选补使张九龄尝在此开凿岭南驿道。②梅岭多梅，号称"梅国"。③二十世纪三十年代，陈毅在油山、梅岭坚持三年游击战，写有《梅岭三章》。

贺新郎·杭州西溪

二〇一一年五月九日，余在杭州，浙江大学张曦先生邀游西溪，因故未往，七阅月又有杭州之行，遂践前约，感而赋此。

尽说西溪好。我今来、越天清绝，孟冬秋杪。荒渚野凫舟自在，残柿枝头独老。更掩映、芦花夕照。烟水漭洄连云岭，两三声、梵寺啼乌绕。可探得，韵多少？

算来世事谁能料。俊游邀、宕延半载，这番才到。未见杂花春暮景，萧瑟秋容窈窕。莫憾昔、皆呈其妙。最是轶闻传一语，且留下、宋迹何从考？真处子，静而佼。

二〇一一年十二月九日

注：相传当年宋高宗赵构曾有"西溪且留下"口敕。

贺新郎·夜游南通濠河

波冷濠河水。漫逍遥、黝空星映，一舟轻驶。亭榭楼台灯明灭，细数穿桥有几？大抵是、张公遗惠。梵寺钟声狼山影，遍周遭、忘却人间世。风乍起，浪花碎。

草间自感清新气。更堪看、闲云野鹤，海端江尾。绰约梅庵无语立，幽谷尤多兰蕙。也恰似、朱生画味。材与不材谁评说，任荣枯、不负天公意。夜正静，不能寐。

二〇一一年十二月十一日

注：梅庵，指梅庵书苑主人冷雪兰。朱生，指画家朱建中。

星　汉

星汉，本姓王，1947 年生，山东东阿人。新疆师范大学教授，中华诗词学会副会长，新疆诗词学会常务副会长。著有《天山韵语》《新风集——中国当代名家线装诗集·星汉卷》和《古韵新风——当代诗词创新作品选辑·星汉作品集》等。

吐鲁番秋望

昨夜西风过雅丹，绿洲暗改旧容颜。
秋光一抹残阳里，红树遥连火焰山。

水调歌头·镇北台狂想曲

人在白云外，双眼望青霄。想来天上宫阙，盛宴酿芳醪。借我三杯两盏，遍洒苍凉荒野，先祭众英豪。似有黄沙起，风卷正扶摇。
看长城，隔南北，总徒劳。中华一统弘业，岂可限前朝。吩咐神仙相助，移向南沙海上，大步再登高。此处徘徊久，残日压心潮。

登青山关长城感赋

一统今朝不筑墙，登高四望共炎黄。
三屯营外河声壮，八面峰头日影长。
只为江山添胜迹，岂容狐兔裂封疆。
当年关口将军路，留与游人脚步量。

庚寅秋游九寨沟

行行不肯出层岩，饱看秋光挂斗南。
叠影远山传俏语，扬声飞瀑待狂谈。
诗催霜树千重淡，雁写晴空万里蓝。
风扫心尘归去后，儿童笑我是憨憨。

水调歌头·游黄龙

为赏黄龙景，万里费车轮。昆仑嘱我巡视，回首报知闻：索道半空相送，栈道全程带领，已作画中人。山水皆通透，花草尽清纯。

望白雪，扶红树，握青云。秋风暗助顽健，老子抖精神。不受飞泉天酒，不受灵池金彩，清气满乾坤。纵在夕阳里，岂怕近黄昏。

登终南山南五台消暑

不为寻诗不问禅，情思山径两盘旋。
眼前流彩云波涨，脚下飞声瀑练悬。
爽气南来经汉水，残阳西去到胡天。
九州父老皆如我，仰望苍穹一抱拳。

登大散关

关中云向汉中飘，回首千年兵气消。
碧水悠悠花影乱，青山隐隐日轮遥。
骚人诗句纵可诵，死士战魂何处招。
幸喜中华归一统，莫言北国与南朝。

北极村夜步

独怜沉静夜，俗语不须听。
暂歇南柯梦，来寻北极星。
灯光隔岸淡，江浪带风青。
小犬已相识，随人步未停。

辛卯冬游西柏坡感赋

白头自笑眼昏花，不辨碑文正与斜。
战火烧风熔地骨，炮声排浪响天涯。
山村走出新中国，海岛延留老蒋家。
六十年前非与是，平湖无语映残霞。

壬辰春随中华诗词研究院诸吟友登宝塔山

遥指苍苍万里晴，胸怀冲破小门庭。
延河蟠地滋文墨，宝塔冲天壮羽翎。
苍莽雪封消北国，颠连山势接东溟。
神州都在春光里，何惧诗词不返青。

至平遥古城

秋光与我两难分，北去南来随雁群。
铺面万家藏富有，城墙千载汇风云。
老陈醋里添诗料，旧县衙中说轶闻。

久立楼头频四望，夕阳无语满河汾。

水调歌头·壬辰初秋重游青海湖

又见蔚蓝水，舒卷到天边。怎知三十余载，来洗旧尘颜。换了晴空鹰隼，肥了荒原牛马，没了老渔船。留剩菜花里，拍摄记从前。

走白沙，抚青石，绕黄幡。今朝且展顽健，呼啸跨雕鞍。手挽斜阳一片，目送红云千里，谈笑漫秋山。羞学古人样，泪点染诗篇。

水龙吟·雅鲁藏布大峡谷抒怀

南迦巴瓦峰前，秋风雪浪鸣天鼓。高原日月，母亲河里，长流慈乳。两岸村庄，一川牛马，百条新路。更高雄奇险，画图难尽，诗人到，心潮注。

谁借神工鬼斧，莽乾坤、劈开千古。中华血脉，远随红日，遍浇疆土。手捧吟魂，山灵许我，轻敲门户。再登高四望，倚云抽笔，写云涛怒。

望龙门

龙门留得啸天声，落日秋风送远行。
飞雨银河辞北斗，卷云雪浪下东瀛。
家门神禹曾三过，峡口鲤鱼须一争。
此去前程千万里，高低犹有不平鸣。

观中流砥柱

于此生根后，无言览大千。

三门分浊浪，一柱顶青天。
坦荡秋风里，苍凉夕照边。
问君东望久，曾见几桑田。

西江月·西津渡感赋

信步当年街巷，漫寻异代朋侪。千秋日月总难留，酹地三杯淡酒。

小雨西来佳句，大江东走酺讴。诗人灵魄若回头，我在西津渡口。

癸巳夏兰州雨中看黄河

铁桥独立启心扉，纵是潇潇不忍归。
东去长教山骨瘦，西来犹带雪花肥。
千秋日月翻黄浪，万亩田桑绕翠微。
愿化河中洗天雨，远行我也助声威。

癸巳秋登雁门关

路转秋风黄叶村，旌旗影里旧烽墩。
将军苦战威犹壮，骚客豪吟句尚温。
一道长城牵日月，几声征雁裂乾坤。
挥毫更向天山指，我抱清雄过玉门。

赵京战

赵京战,笔名苇可,1947 年生,河北省安平县人。空军功勋飞行员,大校军衔。现任中华诗词学会副会长。主要著作有《苇可诗选》《苇航集》《苇航集（二）》《诗词韵律合编》《中华词谱》《中华曲谱》《中华韵典》《中华诗律》《中华新韵（十四韵)》等。

荷花淀遐思

袅袅婷婷出水时,游人争看玉娇姿。
荷花淀接芦花淀,开到芦花梦已痴。

夜访曲江

岸柳无言草自生,红楼斜矗水波横。
谪仙归去拾遗老,谁发清音续正声?

银川沙湖

天外落明珠,人间添画图。
丛芦分朵朵,群鸟叫咕咕。
沙山远犹近,波影静还无。
能得济荒漠,应胜西子湖。

贺兰山岩画

洪荒太古民，种族赖传薪。
石上划痕重，心中爱意纯。
千秋如瞬息，一笔见艰辛。
我本炎黄后，鞠躬参祖神。

神农祭坛

炉鼎森然列，香烟绕祭台。
石身凝混沌，牛首费疑猜。
天意凭谁授？鸿蒙自此开。
千年银杏树，应是手亲栽。

大同云冈石窟

大匠开山磨杵针，一锤一凿记天音。
恒沙有愿从头数，苦海无边向岸寻。
壁上飞天真妙曼，人间槐梦太深沉。
纷纷游客争留影，谁解慈悲度世心？

西双版纳原始森林公园

峥嵘栈道似天梯，幽谷深深鸣小溪。
老树千寻遮汉月，长藤百尺缀秦泥。
出逢雾重衣犹湿，行到山深路渐迷。
合是桃花源里客，结庐岩畔伴云栖。

韩城太史祠

敛衽来参司马坡，苍天着意雨滂沱。
梁山一抔埋幽恨，黄水千秋听棹歌。
缭绕香烟忽明灭，洪荒岁月费消磨。
故人心事真难解，回首长安剩烂柯。

丁亥九日遥望霍山

霍山霜叶已纷飞，又引相思上紫微。
秦岭断云犹带雨，胡天孤雁正思归。
惯听群瀑喧高调，且任闲情看落晖。
欲插茱萸无觅处，西风萧瑟拂人衣。

到淮阴

怎把淮滨作渭滨，千秋慨叹付来人。
猝加奇辱犹能忍，自假齐王未必真。
垓下楚歌方过耳，云中汉阙已成尘。
殷勤寄语远游客，误了归期漂母嗔。

周济夫

　　周济夫，1947 年生，海南万宁人。《海南日报》副刊部原副主任。现为中镇诗社社员，中华诗词学会理事，海南省诗词学会副会长兼秘书长。著有《济夫诗词钞》《椰荫诗话》《琼台小札》《琼台说诗》等。

寻汉珠崖郡治遂至潭口古渡（二首）

古渡秋风小立时，百年踪迹认依稀。
风帆绝影江流浅，况乃悠悠汉旧蹊。

宇宙茫茫历劫尘，二千年事一轮囷。
当时已自殊传述，纵起英魂问未真。

访黄埔军校遗址

松柏含烟掩棘门，当年龙虎聚纷纷。
玄黄战罢馀歌管，谁复荒坰认血痕。

京郊蟹岛咏柳

郊野新成万柳堂，炎蒸消尽享清凉。
长居琼岛多深碧，独少毿毿绕梦香。

海口东西湖引江水而改观，过而有作

久别西湖面，重过波涨堤。
垂青枝拂水，缀紫卉交螭。
江汲源头活，时和淑气齐。
人鱼仍两隔，旧句费寻思。

注：余居两湖畔十数年，有"人在埃尘鱼在水，凭谁一语说温凉"之句。

日暮步游文昌八门湾骑行绿道

秘境存湾腹，幽寻追暮云。
青潮通略彴，红树启重门。
泼剌鱼惊跳，咿嘤鸟远闻。
宵归犹络绎，狭路避来轮。

注：绿道皆以木板搭成，曲折延伸于红树林中各处，供人与自行车通行。

李青葆

李青葆，1947 年生，浙江青田县人。国家一级作家。系中国作家协会、中华诗词学会、中国楹联协会、中国报告文学学会、中国书法家协会会员。曾任丽水市作家协会副主席，青田县文联副主席。现为丽水市诗词楹联协会副会长，《处州诗词》主编。出版有长篇小说《情海无舟》《奇石流梦》和诗集、散文集等十多部。

咏楠溪

桃源山水画中诗，晚品朝吟只恨迟。
天下风光无限好，不如斯我两相知。

注：斯，代词，指这个地方。

阅江楼抒怀

阅江楼上望江流，千古兴亡水覆舟。
不信请看狮子岭，一声呐喊易春秋。

注：元末，朱元璋听取刘伯温的意见，决战陈友谅。朱的作战指挥部就设在南京狮子山的藏兵洞内。此战一举获胜，遂建立明朝，定都南京。为庆胜利，朱下令在长江畔的狮子山上建阅江楼。

咏凤凰城

古城似梦水悠悠，两岸烟蒙吊脚楼。
永玉从文成景点，名牵江上万千舟。

注：永玉即著名画家黄永玉。从文即沈从文，著名作家。

咏湘西猛洞河天下第一漂

峰如刀插白云霄，两岸隔溪一步遥。
深涧放舟三百里，穿流逐浪乐陶陶。

小舟山烟雨梯田

轻纱烟雨笼梯田，十里画廊诗万千。
举镜正愁无动态，牛郎恰到白云边。

咏井冈山

路险林深风送爽，车如轻骥过山冈。
峰伸五指擎天起，旗伴丰碑为国扬。
万木葱茏藏剑气，千秋神圣耀星光。
黄洋界上炮犹在，化作钟声警四方。
注：五指，即五指峰；丰碑，指井冈山革命烈士纪念碑。

咏张家界

迷离扑朔张家界，天柱三千错落间。
云漫石林疑鬼峪，雾来仙子下尘凡。
娇赢雁荡三春色，幻胜黄山百变颜。
天下风光九分二，八分秀出此神山。

桃花岭

幽径弯弯链万山，白云出岫锁雄关。
马蹄响处风声急，豪杰回时血迹斑。
古道犹藏梦千石，桃花难慰恨连环。
举头仰望却金地，松柏青青气自娴。

注：却金地即却金馆，在桃花岭上。史述：为买官，某官员送重金给何文渊，何退还，并晓之以理。后人特建却金馆纪念。

黄河壶口瀑布

天河直泻雾蒙蒙，倒海翻江挂彩虹。
来纳群魔入瓶口，去如万马出樊笼。
豪情融有轩辕血，浊浪翻为黄土风。
莫问神龙何怒吼，千秋爱恨在胸中。

淮安周恩来纪念馆寄怀

仰看圣像态从容，砥柱中流忆旧踪。
首义枪声惊乱世，长征热血铸英雄。
红星照亮炎黄路，铮骨助飞华夏龙。
正气浩然壮珠岳，万峰仰止五洲崇。

注：珠岳，即珠穆朗玛峰。

沈 云

沈云,1947年生,河北省人。河北省雄县民政局原局长。现为荷花淀诗社社长,河北省诗词学会、河北作家协会、中国诗歌学会、中华诗词学会会员。

游荷花淀

大淀鲜葩浮碧云,亭亭玉立竟传神。
一双情侣偷亲吻,隔着荷花算避人。

网箱渔场夜趣

一弯新月吻渔灯,虾蟹悠然入梦中。
寂寞鲤鱼忽打挺,波间衔去几颗星。

农家书屋

农家书屋聚农家,野谷清风沐丽葩。
小伙埋头研果木,姑娘抱卷札山茶。
三叔缘结吟哦句,二婶神通刺绣花。
大饼裹葱才咽下,破门妯娌论桑麻。

李文朝

　　李文朝，1948 年生，山东省梁山县人。少将军衔。历任济南军区政治部宣传部副部长，济南陆军学院政治部主任，解放军电视宣传中心政治委员、主任。现为中国作家协会会员，中华诗词学会常务副会长，中国书法艺术家协会常务理事。著有古体诗词集《古枝新蕾》《戎雅春秋》《李文朝将军诗词选集》，诗文集《新闻行知录》等。

井冈山抒怀

凌空紫气冲霄汉，风卷红旗起大观。
莽莽山冈曾辟径，星星火种已燎原。
凭栏五哨烟云散，放眼九州天地翻。
访圣寻根明壮志，承前启后颂摇篮。

一九九八年七月十一日于江西井冈山

上华山

峭壁如削刺破天，雄奇险秀梦成圆。
摘星更上苍龙岭，把酒还从金锁关。
几处悬崖拦路径，何方玉女在云端。
西峰索道飞重壑，直下九霄谈笑间。

二〇一三年五月二十六日于陕西华山

恩施大峡谷

峭壁如屏展画廊，丹青泼墨溢芬芳。
峥嵘石浪千重险，锦绣花丛百里长。
栈道凌空连地缝，龙门开壑露霓裳。
云梯直架通天路，万古高擎一炷香。

二〇一三年六月五日于湖北恩施

阴山抒怀

儿时晓胡马，今日到阴山。
眼望秦朝月，心思汉代关。
胡服骑射地，华夏大同天。
飞将今何在，雄风自浩然。

二〇〇九年六月十九日于内蒙古阴山

沱江泛舟

心融山水画，身泛梦魂舟。
过目飞檐阁，摩肩吊脚楼。
鱼鹰轻振翅，河道细分流。
苗女船头唱，对歌同醉讴。

二〇一二年六月十五日于湖南凤凰

诗意上思行

九域文星聚上思，明江蔗海涨新词。

峰峦十万多风雅，一座青山一首诗。

二〇一二年六月三十日于广西上思

过昭君故里

曾从青冢拜昭君，今到香溪觅馥芬。
毓秀钟灵滋大美，千秋落雁化祥云。

二〇一三年六月七日于湖北兴山县昭君镇

咏云龙山

九峰连体卧云中，唤雨呼风起巨龙。
寄意青山祈福祉，安民护国势凌空。

二〇一三年十月二十四日于江苏徐州

老子山即咏

道教千秋祖，功成老子山。
坡高不盈丈，名盛赖真仙。

二〇一二年九月十三日于江苏洪泽

注：位于江苏省洪泽县的老子山，相传为老子炼丹得道处，但海拔仅29米，正常望去，只是一个不足一丈高的平缓山坡。顿悟"山不在高，有仙则名"之古训。

临江仙·朱家角

古老繁华生水上，宜居都市乡城。砖雕瓦艺话明清。虹桥流画韵，石板泛诗情。

布业米行兴旺地，银庄邮政昌荣。江南古镇又新生。珠溪通海口，破浪向蓬瀛。

二〇〇九年八月三日于上海朱家角

沁园春·北大荒

千里荒原，雪地冰天，沉睡万年。伴春雷震响，红旗挺进，蛮荒别梦，青史新翻。将士安营，知青扎寨，热血青春卷巨澜。开新曲，化荆丛莽野，米谷粮川。

艰辛汗水华年。改天地，宏图展大观。看粮丰林茂，蔬奇果异，青山秀水，别墅花园。化雨春风，精神瑰宝，黑土丹心壮志坚。抬望眼，正北疆鹏举，翼展长天。

二〇一一年九月二十日于黑龙江北大荒

清平乐·乾州古城

状如乾卦，山水诗情画。尚武从文风韵雅，古镇名扬天下。
雄关沐浴朝阳，琼楼玉影溶江。放眼一盆锦绣，新城溢彩流光。

二〇一二年六月十三日于湖南乾州

采桑子·宜州

情浓梦醉怡神地，山也牵魂。水也牵魂，水眼山眉画意新。
歌仙雅士同高咏，文化宜人。居住宜人，福满龙江四季春。

二〇一二年六月二十六日于广西宜州

八声甘州·张掖抒怀

约京华骚客采风来，陇天正新秋。赞文明悠久，张国臂掖，金郡甘州。千载佛光塔影，会馆映边楼。四镇总兵府，丝路咽喉。

塞上江南神韵，望绿洲荒漠，尽显风流。更粮丰林茂，蔬果占鳌头。赏天然，山青水碧，引八方，驴友伴沙鸥。争当那，河西枢纽，再展宏猷。

二〇一二年八月七日神游寄咏

减字木兰花·印象利川

本原生态，富氧清凉超世外。便利交通，渝蜀潇湘举步中。
灵山秀水，巨洞腾龙齐岳翠。美在人文，响舞船歌四海闻。

二〇一三年六月四日于湖北利川

注：响舞即被列入国家非物质文化遗产的"肉连响"土家族舞；船歌即发源于利川的"龙船调"土家民歌。

丰碑颂

万水千山思绪飞，神州随处见石碑。
褒扬功德留纪念，路旁山顶竞崔巍。
汉白玉质加御赐，不如人心永铭记。
精神偶像越时空，道德丰碑矗天地。
短暂人生廿二载，洒向人间都是爱。
平凡伟大得永生，不朽精神昭万代。
躯体陨没精气奔，灵魂不胫出国门。
一缕烛光驱黑暗，道义价值炳乾坤。
美联社里有推介，雷锋属于全世界。
入乡随俗美善真，利他主义共理解。
雷锋精神化永恒，五洲四海共传承。
人生意义得真谛，思想境界齐飞腾。
尚德国度重修德，学习雷锋添春色。
世纪春光荡九州，笋芽茁壮势可测。

沿着榜样脚印走，少长争先惟恐后。

江南塞北城与乡，楷模身影处处有。

上海热心水电工，鞍钢当代活雷锋。

福利院中行孝道，公交车里送春风……

中国梦想任飞驰，道德就是金钥匙。

筑土高墙抒望目，积德厚地发春枝。

立足本职是平台，惠风遍地净尘埃。

平凡善举寻常事，汇铸辉煌向未来。

仰望丰碑反思多，道德治理叹蹉跎。

公德失范良知丧，诚信缺失引妖魔。

见义勇为有后怕，流血流泪鬼神诧。

老人跌倒不敢搀，担心遭讹将祸嫁。

制售假药暴黑心，敢拿人命赎黄金。

多少无辜招厄运，见利忘义罪孽深。

有毒奶粉地沟油，令人发指鬼见愁。

腐鼠乔装充羊肉，天地良心蒙耻羞。

对比雷锋省自身，阳光底下晒灵魂。

魂雾心霾全散尽，微笑人间送春温。

道德建设针挑土，道德缺失水冲沙。

道德治理搬山岳，道德回归出彩霞。

天安门前纪念碑，民族魂魄正气吹。

道德楷模融其里，千秋万代放光辉。

实现伟大中国梦，道德基石树梁栋。

前赴后继学雷锋，请君听我丰碑颂。

二〇一三年五月九日

　　注：以上列举普通岗位学雷锋的典型分别指许虎、郭明义、谢清洁、李素丽。

杨逸明

　　杨逸明，1948 年生于上海，江苏无锡人。中华诗词学会副会长，中华诗词学会网副总编辑，《中国诗词年鉴》副主编，上海诗词学会副会长。著有《飞瀑集》《新风集·杨逸明卷》《古韵新风——当代诗词创新作品选辑·杨逸明作品集》等。

与诗友同游邛崃天台山

忽至飘然客一群，满山诗意湿衣裙。
琴台有曲千溪奏，蝶翅生香百草薰。
瀑正洗磨高下石，岭常吞吐淡浓云。
吟毫顿觉多滋润，竖抹横涂是美文。

二〇一一年六月二十三日于四川邛崃天台山

与星汉、书贵雨中游白洋淀

飞驰小艇赏秋光，赫赫淀名称白洋。
密苇满湖成卫队，残荷带雨作啼妆。
一缸陈酒高朋醉，二尺鲜鱼老店尝。
我辈逢辰无战事，闲来有幸为诗忙。

二〇一一年九月十日于河北保定

题黄鹤楼

登临雕栋画檐楼，放眼欲寻芳草洲。
黄鹤不归空入句，白云仍在不胜秋。

拍栏诗感非唐宋，接踵人群各乐忧。
壁上瓷砖多釉彩，犹将传说绘从头。

二〇一一年十月二十七日于武汉

黄河壶口瀑布

卷沙裂石鬼神惊，发出黄河怒吼声。
天上不应如此浊！人间更得几时清？
从崖跌落仍昂首，向海奔流又启程。
我敞风衣壶口立，好教襟袖蓄豪情。

二〇一二年四月九日陕西黄河壶口　四月十四日改于北京

游青海湖

采风西北兴方遒，驾艇盐湖作胜游。
万顷水铺蓝宝石，几团云走白牦牛。
地球馈赠从无语，人类纷争总有求。
天洒满湖咸涩泪，不知何事也先忧。

二〇一二年九月三日于青海西宁

题喜马拉雅山脉

雪域神奇多少山，无名无字耸云端。
随移一座中原去，五岳都须仰首看。

二〇一二年九月八日于西藏

车过米拉山口

山坡起伏已无争，峭拔群峰渐扯平。

草剩一层牛正嚼，天离三尺手能撑。
好云推搡诗心远，寒涧潜流梦境清。
供氧不多难久立，满填胸臆是纯情。

二〇一二年九月九日于西藏

钓鱼岛有感

又看摩擦起东溟，小岛频频迸火星。
寻衅昔曾凭借口，祭亡今尚有幽灵。
心头上国常如刺，眼里芳邻总似钉。
权力一归狂热客，地球村即不安宁。

二〇一二年九月二十日

重游灵岩山

又登砖砌翠岩坡，脑海回声叠影多。
山鸟出迎啼竹径，石龟入定望湖波。
梦中云迹风追忆，诗里星痕雨打磨。
古木不知伤往事，遍垂黄叶尚婆娑。

二〇一二年十一月二十日与苏州

登西塞山

千秋故垒一登临，览胜何辞汗湿襟。
江水急弯成直角，山亭环望作圆心。
人须有鉴常怀古，天却无言已到今。
骚客尚存兴废感，来寻铁锁久沉吟。

二〇一三年五月二十三日于湖北黄石

访黄州东坡赤壁

少年时读大江东，赤壁来游我已翁。
一叶扁舟虽邈远，几行遗墨尚豪雄。
风流岂在周郎后，气骨长存汉字中。
千载用之能不竭，小亭危阁带神功。

二〇一三年五月二十五日于湖北黄冈

登雁门关

雁门雄险一登攀，千古兵家争此关。
日色肩头加压重，秋风心际透来寒。
群峦入梦追唐宋，万木挥毫点翠丹。
只愿从今华夏土，无须垛堞保平安。

二〇一三年九月二十四日于忻州

游老牛湾堡

攀登古堡作环游，九曲黄河一览收。
山势竟教天欲堕，水形浑遣地能浮。
岸边人立如纤草，谷底涛奔似犟牛。
骚客自惭方寸窄，小诗无力挽狂流。

二〇一三年九月二十七日于忻州

夜望偏头关

雄关夜望一偏头，淡淡月光轮廓勾。

车马正忙金鼓逝，英雄已去戏文留。
五洲依旧多兵燹，九域如今几将侯？
灯火万家喧闹处，最沉默是古城楼。

二〇一三年九月二十七日于忻州

车行从贵阳赶往兴仁途中作

初识黔西磅礴容，下沉红日吻乌蒙。
轻纱大幕铺张雾，弧线长桥嫁接峰。
车小真如飘一叶，山奇竟似舞千龙。
相机唐突天然景，强被携归闹市中。

二〇一三年十月十四日于贵州兴仁

游黄果树戏作

天欲豪吟气势雄，银河怒泻诉情衷。
人投崖洞穿行瀑，壑展襟怀架设虹。
奇景方观黄果树，新闻正播白岩松。
世间污秽除难尽，安得飞泉一洗空。

二〇一三年十月十七日于贵州

登高望虎洞乡大型梯田

小车颠簸入云空，起伏沟原一望中。
青翠层层抽镜屉，玄黄处处刻盘龙。
相机恨缺环形幕，诗笔惭无八面锋。
叠韵梯田吟大气，使人惊叹陇之东。

二〇一三年十一月七日于甘肃环县　十一月八日夜改于上海

周啸天

周啸天，1948 年生，四川渠县人。四川大学教授、中华诗词学会常务理事、四川诗词学会原副会长。编著有《唐诗鉴赏辞典》《唐绝句史》《诗词赏析七讲》等。

苏幕遮·上青藏

及良辰，将胜友。与子偕行，与子偕行久。小别重逢一握手。唐古拉山，唐古拉山口。

镜湖平，阴岭秀。雪积云端，雪积云端厚。好客人家处处有。熟了青稞，熟了青稞酒。

行香子·印象高原

影已离乡，心向天堂。转经筒、百转回肠。天蓝云白，隆达飘扬。有火之红，水之绿，土之黄。

风过湖面，人上山梁。等身头、四季糌粑。弥空幄帐，遍地牧场。点野牦牛，大青马，藏羚羊。

注：隆达即经幡，一称风马，有蓝、白、红、绿、黄五色，象天、云、火、水、土五行。

喝火令·拉萨作

早已名心淡，未如游兴浓。白宫上了上红宫。京洛风尘依旧，拉萨有星空。

玉帛称兄弟，衣冠道婿翁。千秋一聘碛西通。亏了唐皇，亏了李道宗；亏了文成公主，十六好颜容。

　　注：李道宗，唐太宗族弟，文成公主之生父。

钗头凤·林芝作

　　昆仑雪，平湖月，高原偏宜清秋节。江流广，藏歌朗。在巴松措，吸林芝氧。爽，爽，爽。

　　既收割，人神悦，逢逢傩舞未销歇。空阶响，隔靴痒。几时鸿雁，与君同往。想，想，想。

壶口行

　　　　九曲黄河朝海走，浊浪一收归壶口。
　　　　跳波十里争龙漕，四月生凉风在吼。
　　　　横行异代不同时，星海歌兮太白诗。
　　　　三川北虏今何在，力挽狂澜仍东之。
　　　　忽忆港澳还中国，百石强车作飞跃。
　　　　公无渡河公竟渡，五千年史一定格。

　　注：一九九七年香港回归前夕，柯受良在陕西壶口驾车成功飞越黄河。

雅安行

　　　　炼石补天馀一方，雨城牵梦岁华长。
　　　　时将大雪摧残叶，车过名山见夕阳。
　　　　十里滩声岚气湿，四围山色水风凉。
　　　　夜来客舍重衾薄，无奈鸳鸯瓦上霜。

陇西行

河西走廊以祁连山为一壁，万里长城为一壁。此行先宿武威，归途于酒泉参观夜光杯厂。

> 乘兴南来欲问边，河西丝路傍祁连。
> 数峰犹带千秋雪，一壁残存万里鸢。
> 大漠孤烟临属国，边陲筚路吊张骞。
> 今宵唱彻凉州曲，杯碰夜光挥月圆。

青城后山纪游

> 山有幽名自古留，前山不比后山幽。
> 烟云绕树花殊色，峡谷飞湍水疾流。
> 栈道舆驴添雅兴，浮生杖屦任悠游。
> 归来小饮泰安寺，一夕轻雷春睡柔。

桂林杂诗

> 古时有大象，渴饮漓江水。
> 漓江饮不尽，化作一山美。

喜峰口（二首）

> 荷刀带月去，子弟本农家。
> 守土知时节，顺藤理倭瓜。

注：喜峰口，即一九三三年国民革命军二十九军（宋哲元部）大刀御敌处。大刀队擅长夜战，累计杀敌五千余，日寇为之

胆寒。倭瓜，南瓜别名。

久闻大刀歌，同上喜峰口。
倭儿此堕头，颜面复何有！

注：大刀歌，即麦新《大刀进行曲》，原有副题："献给二十
九军大刀队"。当时日报惊呼："明治大帝造兵以来，皇军荣誉尽
丧于喜峰口外！"

榆林（二首）

词人兴会更无前，踏雪寻梅天地间。
一笔等闲删五帝，独留魏武著吟鞭。

红装素裹出冰封，百万银蛇战玉龙。
如此江山谁不爱，福王非与美人同。

延安（二首）

一篇讲话古来稀，信抵中原十万师。
劝君莫小秧歌舞，四面楚声为胜棋。

枣园窑洞列辰栖，想见天倾西北时。
一盏明灯多少夜，曾陪主客话周期。

邓稼先歌

1958 年 8 月邓稼先被约见，说国家要放个大炮仗，令其领军。
邓遂与妻子一别二十八年。1971 年杨振宁出席上海一宴会，席间得
邓信披露，中国制造核武器并无外人插手。杨为之泪流满面。邓主

持核试验十五次无不利，向称"福将"。然"文革"中一次降落伞事故，使核弹坠地失踪。邓驱车，寻到弹头，超"吃剂量"。1985年查出癌症晚期，两报始以专版报道"两弹元勋"。翌年7月，邓全身出血不止而逝，终年62岁。

炎黄子孙奔八亿，不蒸馒头争口气。
罗布泊中放炮仗，要陪美苏玩博戏。
不赋新婚无家别，夫执高节妻何谓！
不羡同门振六翮，甘向人前埋名字。
一生边幅哪得修，三餐草草不知味。
七六五四三二一，泰华压顶当此际。
蘑菇云腾起戈壁，丰泽园里夜不寐。
周公开颜一扬眉，杨子发书双落泪。
惟恐失算机微间，岁月荒诞人无畏。
潘多拉开伞不开，百夫穷追欲掘地。
神农尝草莫予毒，干将铸剑及身试。
一物在掌国得安，翻教英年时倒计。
公乎公乎如山倒，人百其身哪可替！
号外病危同时发，天下方知国有士。
门前宾客折屐来，室内妻儿暗垂涕。
两弹元勋荐以血，名编军帖古如是。
天长地久真无恨，人生做一大事已！

伍锡学

　　伍锡学，1948 年生，湖南祁阳人。祁阳县文化局退休干部，现为湖南诗词协会理事、永州诗社副社长。著有诗词集《田畴草》《南园草》《甘泉草》等。

楠溪江

　　宿雨初停垂荫凉，满江卵石裹霞光。
　　明眸少女沿花走，蝴蝶衔来朵朵香。

踏莎行·游永州环翠湖

　　修竹环湖，垂杨拂水，风和添助游人意。轻轻小桨动涟漪，邻船少女歌声美。

　　点点浮云，悠悠韵事，船头滑入新荷里。霎时撞起半湖香，黄昏上岸心犹醉。

临江仙·登岳阳楼

　　少小便将名赋诵，老来始上斯楼。茫茫烟雾掩巴丘。水天连一色，隐约现渔舟。

　　自古庙堂多肉食，不忘名利双谋。厚颜学说乐和忧。范公今若在，不语泪长流。

古求能

古求能，1948 年生，广东省五华县人。曾任广东省梅州市文联常务副主席，梅州市作家协会主席，《嘉应文学》主编。现为中华诗词学会常务理事、广东中华诗词学会副会长、《当代诗词》主编。著有《同声集》（合著）。

游江西大余县卧龙风景区（二首）

常言龙性最难驯，脚底分明践彼身。
料想卧龙亦好客，畅开怀抱迓游人。

一路飞泉景色优，始知山顶出平湖。
胜游莫问知名度，西子当年亦小姑。

游湛江湖光岩

昔日火山口，如今玛珥湖。
红尘到此绝，柳眼向人舒。
树动喧禽鸟，波翻漾画图。
蓬莱非蜃景，咫尺即通都。

玉湖春

风神难见见难离，挥手从兹惹梦思。
月魄星眸怀皎皎，玉簪罗髻忆丝丝。
愿将野圃锄犁志，化作来年稼穑时。

常与芳华相伴乐，春心留在水之湄。

粤西留韵

欲为浮生慰寂寥，粤西大地逐春潮。
油城筑梦知非远，岛屿游仙信不遥。
红豆红棉绝胜地，玉湖玉笛可怜宵。
轻车载得诗情满，飞过烟波第几桥？

武汉小住

竟上崇楼廿九重，白云深处寄行踪。
索居荒岛鲁滨孙，脱手如来孙悟空。
既自以心无形役，果然得句有融通。
琴书之外复何乐？不识人间米价红。

申士海

申士海，1948 年生于北京。曾供职北京农业科学研究院，现为北京诗词学会副会长，北京楹联学会副会长，中国毛泽东诗词研究会诗论学术委员会副主任。诗词作品散见《中华诗词》《诗刊》《北京诗苑》《长白山诗词》等多家诗词刊物。

浣溪沙·重游京东湿地

蛙叫虫鸣一径通，再寻绮梦入葱茏。小桥流水醉荷风。
半幅芦裙鸥点翠，一池霞彩柳摇红。疑来方外觅陶翁。

春到黍谷山

秀水奇峰小径弯，松林柏阵鸟声喧。
回春何必邹子律，我教诗花开满山。

初登鹳雀楼

九曲黄河一望收，烟波浩渺涌雄州。
中条逐日龙昂首，五老穿云凤展眸。
坂上繁花妆舜道，渡头销铁证唐牛。
何当跨鹤蓬瀛去，恭请诗灵赋壮游。

奥运水上公园随感

宙斯圣火燃潮白，万树千花一练开。
鹭起熏风天外没，鱼翔碧水岸边来。
芳堤虹落催金鼓，桂棹星驰动玉台。
盛事空前传捷报，五洲俊彩放歌回。

游司马台长城

司马台高十二楼，沧桑千古说从头。
雕弓北指秦关险，铁骑南侵汉堞羞。
坡下人家因雨乐，崖前词叟自风流。
无边晴翠寻归路，几朵伞花撩客愁。
注：十二楼景区是司马台最奇绝处。

熊东遨

　　熊东遨，1949 年生，湖南宁乡人。中华诗词学会常务理事，网站副总编；《中华诗词》编委，高级研修班导师；湖南诗词协会副会长；中镇诗社副社长。著有《诗词曲联入门》《古今名联选评》《诗词医案拾例》《画眉深浅》《求不是斋诗话》等二十余种。

十万大山采风突遇暴雨

向晚车行紫霭间，可能天意怕人闲。
淋漓一勺催诗雨，浇透西南十万山。

酉水舟中拾趣

一注星河水，分流到鄂西。
人言青嶂外，时有野猿啼。
薄霭来风窟，凉波转石梯。
谁家小儿女，摆手踏花泥。
注：土家摆手舞为当地一绝。

夏日天门山纪游

云崖盘栈道，一线入穹苍。
石拙苔痕浅，林幽鸟语凉。
时光真手笔，天地大文章。
会得支撑意，摩峰认脊梁。

靖港春日

只隔青山百里霞，道碑西指即吾家。
郭边交汇涛声远，洲畔群飞鹭影斜。
上古风情馀小镇，一程水路接长沙。
春残不减归来乐，野圃开樽对菜花。

终南秋近

不借新凉亦爽怀，浊眸无碍四时开。
流前坐语峰相对，竹里虚窗影自来。
薄醉心情同赤子，野邻踪迹在苍苔。
团风一片蒹葭白，已报秋声近五台。

雨中过公主岭有怀

秋边一雨大江浑，浊眼难寻去住门。
何药可除当世疾？此间曾植故人根。
云中过羽差能辨，海上残雷竟不闻。
前路漫漫休更指，酒旗无复杏花村。

春到梅关

夜欲瞒春一步迟，晓风吹雪上梅枝。
遥怜草色回青日，正是田家酿酒时。
歌雨歌晴莺婉转，涵云涵石水矜持。
何当约客雄关下，大斗催诗醉莫辞。

王永明

　　王永明，1950 年生，湖北宜昌人。退休职工。系中华诗词学会
会员。著有小说、诗歌、杂文、剧本、论著多部（篇），出版诗集
《最后的要塞》。

忆扬州

五湖烟水漾轻愁，咿哑何来一叶舟？
最喜御河三月柳，曾随八怪闹扬州。

杭州风波亭

竹帛丹青掩翠微，碧波五月浴朝晖。
二三老者亭中坐，西子湖边说岳飞。

咏鹳雀楼

鹳雀青云外，黄河白浪中。
从来楼近水，一向阁临风。
弃杖斜阳暮，挥戈夕照红。
人生须努力，高处景无穷。

武昌杨园江滩公园

雨后斜阳染碧波，秋江秋水正滂沱。

石楠望日红芽嫩，陶菊经霜绿蕊多。
落暮方归千树鸟，垂纶独钓一池荷。
凭栏立久忘归去，玉笛清扬听老歌。

忆洞庭

当年独眺岳阳楼，暮羽纷纷白苇洲。
碧水残阳江汉月，长天一雁洞庭秋。
半生谁解黄粱梦，孤愤应知屈子愁。
我欲青螺山上去，湘娥踏浪伴槎浮。

西湖旅游组诗（八首选五首）

雷峰塔

孤影涵空夕日垂，归云隐岫快哉吹。
浮屠峻竦胡梯迅，铃铎飘摇斗拱危。
金刹煌煌思旧景，诗痕历历写新悲。
残砖断瓦今犹在，再建雷峰欲压谁！

西湖雪

鹤寒衔蕊蕴香云，高咏江南谢絮纷。
双塔茫然游屐浅，孤山迷矣断桥分。
任由彩笔书绢素，敢令青娥舞练裙。
雪压西湖何所似？胡笳塞马俏昭君。

游苏堤

捧心西子曳罗裳，五月莺花映晓妆。
苏小坟前碧波远，东坡馆外紫藤香。

日魂眩目遮阳伞，月魄惊心响屦廊。
柳径幽娟如绮梦，多情最恋是钱塘。

南屏山

聚翠成峰梵宇新，南屏远揖倦游人。
残阳尽染胭脂水，弱柳犹垂妩媚春。
空谷疏钟敲海月，老僧合掌问星津。
何期修得西湖伴，一领袈裟远劫尘。

孤山吟

听涛枕浪任枯荣，自古谁人解食萍。
亭染缁尘无鹤舞，风撩碧叶有梅青。
屐痕处处成幽梦，诗意年年属玉屏。
见说平湖秋月好，萧萧古木下西泠。

英雄城

霞飞滕阁赣江红，水畔军旗卷劲风。
血肉换来新岁月，时光逝去老英雄。
南昌城里天街涌，起义楼前云厦丛。
百战余生几人在，一唯高塔诉丰功！

乌　镇

浣纱吴女美如花，渌水弓桥石级斜。
柔橹轻摇杨柳岸，和风纷拂导游丫。
东西栅属中青旅，南北街仍老旧家。
古镇今成钱树子，的知强似种桑麻。

张福有

张福有，1950 年生，吉林集安人。曾任吉林省委宣传部副部长兼省社科联、文联（作协）党组书记。现为中国作家协会会员、中华诗词学会副会长、吉林省诗词学会常务副会长、《长白山诗词》副主编、吉林省文史馆馆员、长白山文化研究会会长。著有《诗词曲律说解》《张福有诗词选》《长白山诗词史话》《长白山诗词选》《一剪梅情缘》等，主编《中华诗词文库·吉林诗词卷》等。

冬上天池

冬谒闼门开异光，雪深尤见白山长。
从来不信去无路，直向大荒寻梦乡。

注：闼门，原指宫廷有后门或小门，此指长白山天池。据《清太祖实录》："长白山之上有潭曰闼门，周八十里，源深流广。"实即今长白山天池。

记辉南采风

每忆丸都凯捷雄，词牌初创纪辽东。
风云能解安邦苦，岁月难磨证史功。
山载先贤开伟烈，诗教吾辈领吟戎。
寒流荒堵荒唐事，继迹中原践凤衷。

注：荒堵，用宋·鞠华翁《桂枝香·过溧水感羊角哀左伯桃遗事》"时见乌鸢饥噪，鸱鹠妖呼。数间老屋团荒堵"意。

霜降日三访集安霸王朝山城

经年又访霸王朝，踏雪攀崖上碧霄。
衣薄不禁风瑟瑟，车悬难继路迢迢。
楔形石证三期恰，尉那岩疑一笔销。
百座山城通考就，敷文更觉读无聊。

【双调】夜行船·重访八桂（七首）

　　【夜行船】万里西行机代驹，今重访、八桂如初。班事新开，鸿词争著，会诗友、不分新故。

　　【乔木查】黄钟大吕，印象成奇曲。峭岭漓江逼画俗，邀来三姐无？趁月倾壶。

　　【庆宣和】柳柳州园气象殊，兴览碑庐。到此难禁笑黔驴，知他是乱语？知他是醉语？

　　【落梅风】楼高筑，景任读。谢谁家、以文兴路？帝王大厅欣驻足，赏南宁、彩霞飞渡。

　　【风入松】佩公矍铄未闲居，吟罢雁传书。摩崖石刻千秋笔，寿石铭绝妙何如！一纪辽东题就，凯捷驻跸丸都。

　　【拨不断】海风徐，海城姝。一川紫气东来聚，百里银滩西向虞，千年青史南来疏。问时谁顾？

　　【离亭宴煞】容州宴、夜阑歌舞。碑书瓦坎田中抚，风流历数。诗咏善和堂，词吟生态院，曲伴莺啼序。贵妃像动情，真武台悬柱，都峤峻突。挽一缕沁芳风，研一池涵韵墨，劝一阵相思雨。归来忆桂湖，梦里逢津渡。长旌劲展，粹藻共弘扬，吟军擂战鼓。

　　注：此曲为"套数"。

刘冀川

　　刘冀川，笔名蕙轩，女，1950 年生，祖籍四川。历为《黔风诗刊》编辑，海南省开发建设总公司党委办主任科员，海南省妇女诗书画家协会副主席，省诗词学会理事。著有《蕙轩诗集》。

访北大校园

信步行幽径，燕园柏木苍。
崇文渊薮近，怀史玉碑凉。
亭坐依斜照，风回送暗香。
莲心何处系，湖畔柳丝长。

游海口西海岸

日暮滩头雨，湿云润海天。
诗情浓似酒，宇宙淡如烟。
心共音尘静，思随鸥鹭悬。
风平潮野阔，物我两悠然。

游黔灵七星潭

空蒙山色有还无，雨打星潭荷跳珠。
涧水悠悠情未老，秋风淡淡意难输。
林边听鸟飞青岫，廊下烹茶向小炉。
禅院幽深藏日月，闲中心境静如湖。

登昆明大观楼

无限风光蔚大观，琼霄空阔海云宽。
晴峰犹放千年碧，断碣曾沉一水寒。
览胜从来多墨客，高吟未必尽儒冠。
诗心久伫凭栏处，巨幅长联势若磐。

观火山口

浑沌初氤难计年，喧嚣荒宇震绵绵。
熔岩蕴力喷炎雨，流火腾空射紫烟。
坦豁千寻开地腹，升沉一旦蔽云天。
沧桑有证神工在，望远登高感变迁。

水调歌头·雨中望南湖

　　花信约时雨，榕岸涨涛声。天河骤泻琼珠，飞落万千层。锁住渔舟鹭影，隔断槟园竹径，森森绿波横。独向玉虹倚，静看水云生。

　　洗纤尘，浓幽意，忘峻嶒。卅年尘履，春风秋月念羁程。一别儿时旧地，逐尽天涯雁影，往事比烟轻。极目惟深碧，心与共澄滢。

钟振振

钟振振，1950 年生，江苏南京人。南京师范大学教授、博士生导师，中华诗词学会副会长，中国韵文学会会长。

泰　山

特立东方若虎蹲，浩然作气塞乾坤。
千年风雨撼不动，此是中华民族魂！

一九九八年

梅　岭

岭南咫尺即天涯，世路无如此路赊。
千古骚人都过尽，寒梅犹着旧时花。

二〇〇二年

松花湖

松花秋水一湖清，四百里山围玉枰。
最爱夕阳红湿处，渔船似在火中行。

二〇〇三年

长白山天池

千仞山围百丈池，英雄怀抱美人姿。

谁知水石绸缪处，曾有火浆喷吐时。

二〇〇三年

华山苍龙岭

男儿履险只如平，竞向苍龙脊上行。
传语退之抬泪眼：奇峰一一走来迎。

二〇〇四年

注：或谓韩愈与客登华山绝峰，度不可返，乃作遗书，发狂恸哭。华阴令百计取之，乃下。说见唐李肇《国史补》卷中。相传此岭即韩公投书处也。

雁荡山大龙湫

一绳水曳素烟罗，百丈疑悬织女梭。
何必秋槎浮海去，攀援直上即天河。

二〇一〇年

庐　山

庐山面目恨氤氲，真识岂缘中外分。
见说佳人堪做贼，争教神马不浮云。

二〇一一年

巫山神女峰

伴娘两列髻鬟斜，陪嫁千条雪浪花。
谁道生涯元是梦，朝云暮雨即婚纱。

二〇一一年

注：李商隐《无题》（重帏深下莫愁堂）诗："神女生涯元是梦。"

登华山（二首）

甲申三月，华山雅集。缆车登临，如驭天风，来去仅半日顷。追惟昔游，穷一日足力始得至，信宿乃返，乐此不以为疲也。汗发未晞，诸峰无恙，不觉已十五年矣。

华山论剑处，我辈袖诗来。
预约锋芒露，如期颃洞开。
登天真一步，下界幸重回。
饱得私囊赂：松声万壑雷。

又

山形壮西北，魂梦悸东南。
聊假抟风翼，来探卧海颔。
梯天路无二，傍斗峰有三。
诗在星辰上，捋归浸酒坛。

二〇〇四年

雨中游云台山潭瀑峡

冲雨探幽邃，雷填峡谷长。
两厢高压迫，一脉贲开张。
剪径石蹲虎，突围波窜羊。
登天惊路绝，怒瀑簸洪荒。

二〇〇九年

忻州有感

故关捐锁钥，废垒失狰狞。
日夕牛羊下，秋高禾黍成。
山河泯两戒，夷夏利双赢。
静夜新吟辍，中天月正明。

二〇一三年

武当山

道教汉文化，仙都明武当。
峰危天可柱，云漫海如床。
金顶风披露，朱垣雪隐藏。
东来朝气紫，西坐帝衣黄。
一剑少林敌，三丰太极张。
大兴言乃验，举世瞩玄光。

二〇一二年

鹧鸪天·龙岩

黑瓦万楼方间圆，翠岚酿雨湿青烟。秋田割尽金黄穗，赭柿悬灯庆有年。

红土地，白云天。丹山碧水好龙岩。采风我借三宵宿，只羡闽人不羡仙。

二〇〇六年

鹧鸪天·藏东行

一箭穿行梦幻诗，飞车拉萨向林芝。神山面目云中改，怪树精灵窗外驰。

红簌簌，碧离离。牦牛骦马饮清溪。村村五彩缤纷瓦，不信桃源有此奇。

二〇一二年

浣溪沙·过米拉山口

米拉山翻千丈危。经幡五色好风吹。真言六字玛尼堆。

绿野放羊云聚散，蓝天飘絮马旋回。斜阳中有一车飞。

二〇一二年

念奴娇·雁门怀古

雁门关上，任天风吹尽，中秋云物。铁马金戈都不见，剩有戍楼坚壁。夕照沉山，坡羊星散，红染残春雪。乱岩如冢，鬼雄曾是人杰。

见说出塞昭君，宫车经过，野菊斑斓发。兵气销为虹七彩，玉帛功难镌灭。百族融和，而今何地，更白将军发？长城高挂，九州共此明月。

二〇一三年

王改正

　　王改正，1951 年生，河南省郾城县人。大校军衔。现任中华诗词学会秘书长。著有诗词集《细柳营边草》《岁月歌吟》《霞落玉潭红》《信步走燕山》等。

信步走燕山

　　　　戎衣脱去后，信步走燕山。
　　　　林暗苔花暖，溪明鬓雪寒。
　　　　遥思集市乱，近看鸟鱼闲。
　　　　坐岸听牙板，临风唱钓竿。
　　注：钓竿，古曲名。晋崔豹《古今注·音乐》："《钓竿》，伯常子妻所作也。伯常子避仇河滨，为渔父，其妻思之，每至河侧，作《钓竿》之歌。后司马相如作《钓竿》之诗，今传为古曲也。"

钓鱼台三角地晨曲

　　　　红花乱点绿参差，远望彤云近却稀。
　　　　灿烂晨曦涂碧树，薄纱雾缕绕芳姿。
　　　　林中舞步含情意，枝上鹃歌带血丝。
　　　　远眺长河东逝水，何人记忆少年时？

景山万春亭远望

　　　　景山闲坐万春亭，南望辉煌紫禁城。

广场恢弘双史馆，堂西静卧一穹宫。
旌旗烂漫春风里，玉阙朦胧雾霭中。
将相谁知江山重，苍民唯盼岁年丰。

三亚雨

窗前细雨鸟声悠，南海山青碧浪柔。
天有真情生紫气，人多憾事叹白头。
曾约琼岛一盘月，常忆幽燕万里秋。
自此挥杯离别后，同谁牵手再来游。

瘦西湖

吾侪有幸到扬州，秋嫩天蓝碧水柔。
柳蔓多情牵客手，廊桥有意对琼楼。
西湖景美佳人瘦，彩棹欢歌喜泪流。
岭上梅花花落尽，斑斑点点到心头。

过黄河

黄河亘古向东流，大浪狂涛无尽头。
嵩岳擎天三万仞，炎黄立地六千秋。
江山沐浴朝阳暖，我辈徘徊暮霭稠。
无奈神衰身骨朽，狂歌对酒复何求。

车过邯郸怀古

飞车一瞬过邯郸，史迹萦怀几浩然。

代郡离宫悲泪断，长平战阵血涂鞍。
朦胧似见丛台宴，闭目犹闻娃女颜。
多少人夸魏无忌，谁曾责怪赵平原？

回乡探母过黄河

人生短似一春秋，万古黄河万古流。
好梦常悲留不住，飞车犹恨慢悠悠。
故里风含慈母泪，苍天雨沐旅人愁。
床前忍看嶙峋骨，愧悔煎熬我自羞。

鹧鸪天·百花山

万壑披拂锦绣妆，漫山遍野尽芬芳。晨曦坠露湿红袖，晚照烟霞染绿窗。

风带酒，雨含香，云中倩影一双双。贫生本是中原客，也愿求仙驾鹤翔。

江城子·郑州龙湖岸

龙湖绿水夏风柔，柳梢头，燕啁啾。鬟翠花香，波荡彩船悠。我是匆匆军旅客，来此地，更添忧。

今生难解母亲愁，盼归舟，四十秋。鬓上飞霜，对镜汗颜羞。望尽家山空有泪，人北去，水东流。

刘梦芙

　　刘梦芙，1951 年生，安徽岳西人。现任安徽省社会科学院文学所研究员、安徽省政府文史研究馆馆员。主持并完成国家社会科学基金项目"近百年名家诗词及其流变研究"，出版多种论著。出版作品集《啸云楼诗词》。编有《二十世纪中华词选》《中国现代词选》，主编、校勘二十世纪诗词各类文献丛书近六十种。

壬辰春暮与友人登古南岳（二首）

好风欣逢瑞云开，连袂同登祭岳台①。
松影绿迷仙早去，桃花红笑客初来。
擎霄有赖峥嵘石，济世还思燮理才。
此地龙潜元气在，试听幽壑隐奔雷。

奇峰万笏插空青，嘘吸能通帝座灵。
菡萏开时涵玉露，凤凰鸣处瞩珠庭②。
哦诗客到宜挥笔，采药人来仁摘星。
我欲结庐留众侣，餐霞同享老松龄。

　　注：①安徽境内天柱山，汉武帝封为南岳，祭岳台遗址迄今尚在。隋文帝改封湖南衡山为南岳。②卢思道《升天行》："玉山候王母，珠庭谒老君。"珠庭，仙宫也。

八声甘州·庐山如琴湖

　　问何年玉女驭鸾归，绿绮弃尘寰？幻空明一镜，烟波百顷，照影姗姗。万古犹传仙曲，流水绕高山。惆怅知音者，谁是成连？
　　山色湖光如画，念瑶池胜景，难比清妍。愿诛茅结屋，长此老朱颜。约霓裳，凌波荡桨，倚琼箫、声彻月华圆。空萦梦，正秋风起，吹冷湘弦。

注：湖在庐山之巅，其形修长弯曲如古琴，水色如绿玉，风景极美。

水龙吟·登长城

蟠霄夭矫苍龙，峰峦漾漭天无际。秦疆汉塞，当年百战，血花凝紫。烽火残阳，金沙冷月，曾嘶胡骑。甚沧桑过了，千秋渺渺，凭谁问，英雄事？

又值风云换世。骋吟鞭、初临高垒。朱颜华发，虬髯碧眼[1]，攀援如蚁。鼎革神州，关开铁锁，饥鹰时睨。愿汉家儿女，横磨十万[2]，作干城倚。

注：① 登城者多有外国游客。② 景延广答匈奴使者云：汉家有横磨大剑十万口，要战则来。

水调歌头·雁荡

壬辰春暮，学界于雁荡山举办夏承焘学术研讨会，读五十年前夏公与钱仲联先生唱和之作，神观飞越，倚声志兴。

万翠与天接，春色正盈眸。紫霞缥缈无际，心已御风游。螺髻烟鬟新沐，兰气满林芳馥，山似美人羞。莫负旧时约，来此可消忧。

吹玉笛，招鹤侣，聚鸾俦。溪峦处处图画，幽窈待穷搜。指点前贤仙迹，惜取零珠遗璧，词苑续风流。一唱遏云曲，同上最高楼。

刘亚洲

刘亚洲，1952 年月生，安徽宿县人。曾任师级单位政治委员，北京军区空军政治部主任，成都军区空军政治委员，空军副政治委员。现任国防大学政治委员，空军上将军衔。为中国共产党第十七届中央纪律检查委员会委员，第十八届中央委员会委员。

登秦岭

相顾昆仑小，弹襟太白峰。
苍茫界南北，万古一轮红。

珠穆朗玛峰

青穹赖孤柱，盘古玉刀裁。
心语天风响，短虹缘袖开。

过太行

星沉乱山雪，天挂一刀横。
古隘驱新辇，忽闻征马鸣。

嘉峪关

风撕皮甲裂，旗冻月辉寒。
劫火煮咸海，筛金葱岭南。

望南海

天山遗雪莲，南海碧螺盘。
曾母可安好，茫茫一望间。

读习主席追思焦裕禄词有感（二首）

一阕忠诚赋，拳拳百姓心。
焦桐凝挚爱，清响振重林。

山水钟灵秀，沙丘镌故魂。
为民弃生死，万古仰昆仑。

李葆国

李葆国，1952 年生，山东省武城县人。现任中华诗词学会图书编著中心副主任兼办公室主任。著有《石桥轩吟稿》。

过三门峡

曙开西峡斗阑干，万里黄河一枕澜。
梦撷华阳霞几朵，好裁新句到长安。

烟雨朱家角

兰棹轻回吴语浓，接帘画意过窗风。
石桥一伞榴花雨，飘入小楼杯酒中。

春访鼠谷山

野峪何难忘，云深石径斜。
松坡寻鸟语，栗谷问人家。
一片韭畦绿，几丛山杏花。
小驴驮不去，春色满村崖。

春游桃花谷

径行香海里，绿瘦夹红肥。
花乱山难隐，云迷风自随。

扶枝仙子貌，呼酒老人扉。
谁为去年约，流连不思归？

春游圆明园

白玉横斜绕废堙，东风欲掩愈难支。
荒榛尚有未烧壁，野水空余埋恨池。
廊庙兵凶成昨日，中东洗劫是何时？
惊心故事惊重现，长剑啸霜应有期。

登南京阅江阁

一江横渡影参差，故事缤纷牵梦思。
拂石谁叹朱雀巷，访荷人向莫愁池。
山川形势雄依旧，今古文章美在兹。
高阁终能辅经纬，凭栏正是景明时。

冬日登淮安清江浦阁

清江遥望此登楼，柳浦繁华知几秋？
淮上苍烟涵落照，吴中故事压秦头。
曾携动脉辅连塞，更挽东风催胜游。
槛外欣听航笛远，浪花一朵一风流。

再访黄叶村

几番寻梦到村西，寂寞槐阴可有知？
昨岁燕回人去早，今春桃讯蕾开迟。

空林欲阻白云磬，杏雨偏催红豆词。
醉里青山犹胜酒，一蓬芳草两情痴。

龙庆峡题壁

苍岫峣峣云去闲，蓬壶清静绝尘寰。
几回难觅渔郎渡，一剑顿开龙峡关。
粉壁至今藏诚语，范生何故到深山？
洞中棋局了也未，石上苔痕罗紫斑。

长白山题咏

雨电云雷息一肩，冰轮心镜对苍天。
独披白发三千丈，遍播春温五百旋。
苔点流光蓄岑寂，雪融燧梦滴缠绵。
虚怀长照嶙峋骨，满目葱茏化自然。

过山海关

雁字横陈燕嶂秋，峰峦峭处数碉楼。
苍苔斑驳秦砖冷，紫叶依稀戍卒愁。
欲把狼烟锁边外，岂知鼙鼓起城头。
雄关空作鞭长势，几度北来胡马稠。

范诗银

范诗银，1953 年生，空军大校军衔。现为中华诗词学会宣教部副主任兼诗教委员会副主任，中国人民解放军国防大学中华军旅诗词研究创作院执行副院长、执行总编辑。出版诗词集《天浅梦深》《响石二集》《响石斋诗词》《虹影集注评》。

望海潮·唐岛

公元 1161 年 10 月，南宋李宝在此以 3000 人 120 条船对金兵 7 万人 600 余条船，大获全胜。壮哉！

绿沉春晚，红分藤翠，暖阳印向青洲。重浪叠沙，层光画碧，云边认取沧流。一梦可曾休？记南天吹雪，雪卷飞舟。鸣镝划空，空帆火影纵貔貅。

晴穹几点鸣鸥。试百年落照，千载闲眸。清醉掷樽，浮华嵌镜，徒留心恨情愁。和字挂樯楼。剩涵虚霞霓，旧月如钩。弹指声声堪叹，呼语写从头。

东风第一枝·天子山

呼子前来，倾天一斗，斟它千载醇汐。烟纱绕袖牵襟，缀我梦边青璧。长风过耳，浮花白、倚峰吹笛。裂望眼、万里晴光，认取昔年红日。

试拈取、寂寥御笔，漫画得、鸿痕鹤迹。袖中贾罢江山，枕底轻霞沉霓。留侯醉也，遗玉笏、几编残籍。叹句穷、这把阴晴，刻向哪方苍壁？

绮罗香·垂虹桥

柳绿凝云，荷香夺雾，鸣雀闲分烟雨。望断垂虹，空踏市声来去。塔铃月、半幅明舷。夏榴火、几重娇语。道还休、俊赏才情，莫非皆似梦相与？

兰舟天外一叶，曾载吴歌越管，淞江词旅。妩媚清音，疏影韵边如许。未辜负、两阕华章，更记它、再吟心绪。试拍遍、六十桥栏，可迎风桨举？

卜算子·云龙湖观诗灯

星溅一湖青，花杪摇春树。错落楼台错落灯，错落云山路。
辞月踏诗来，梦语知生处。宋韵唐风淡淡匀，悄把痴心度。

扬州慢·诗意扬城

料峭京华，烟花三月，清风助我诗程。负云随鹤去，醉水碧山青。步诸子、红桥踏月，翠湖邀桨，古渡谈兵。弄银弦，短笛长箫，吹彻新城。

九州富甲，越千年、重现堪惊。便十日痕消，尘弹香袖，好叙幽情。晓韵所依何谱，桃枝乱、帘卷春声。看连天帆举，倾江正是潮生！

胡迎建

　　胡迎建，1953 年生，江西星子县人，先后任江西省古籍整理办公室副主任，江西省社科院赣鄱文化研究所所长、研究员。享受国务院政府特殊津贴，现为《江西诗词》主编，江西诗词学会常务副会长。著有《近代江西诗话》《民国旧体诗史稿》和诗集《帆影集》《湖星集》《雁鸣集》《轻舟集》等。

龟峰老人峰

高颧苍髯态安详，三迭神龟敬侍旁。
迥出尘寰观世相，无私无念寿无疆。

金钟峰

铜铸金镶硕大钟，仙人已去彩云封。
世间欲壑谁能餍，应有长鸣振太空。

游赤水十丈洞瀑布途中

徒步清凉界，忘怀一笑呵。
竹摇漪浪海，涧涌赤流涡。
峡谷高檀楮，岸滩密蕨莎。
谁能凭慧眼，隔岸辨桫椤。

娄山关瞻纪念碑，攀大小尖山战斗遗址

攒列群峰锁此关，当年夺隘奋争艰。
高低丛碧功碑矗，大小山尖石骨斑。
眼底崎岖成坦道，天边隐约卧层峦。
用兵闻说真神妙，知否生灵赤血殚。

霍山登高

秋高未待黄叶飞，吟到霍山踏翠微。
沿涧来寻流瀑悦，登梯竞唤彩云归。
群峦趋拜尊高岳，八表沉昏浸霭晖。
此日犹矜人未老，天风助我振尘衣。

辋川游，溪旁银杏传为王维手植

夏日蒙蒙阴乍晴，随车百转壑中行。
千年银杏苍犹健，九曲青溪浅未清。
偶得闲心窥境净，欲攀极顶待云生。
依稀摩诘诗中画，太息军工杀气横。

注：其旁有军工厂，门卫呵斥我们，在此逗留太久。

呼伦贝尔大草原

莽原荡荡草茵茵，铁网西邻蒙古襟。
地老多菇滋露气，松齐如刷攒丛森。
一湖卧凹凝琳碧，三马扬鬃载客骎。

到此方知霄壤阔，呼天忽暗雨花淋。

南岳登高歌

南岳蟠结势自雄，一年二百天云封。
我来峰顶窥南斗，风不为我扫溟濛。
一殿盘踞最高峰，众人跪拜心虔忠。
侧耸一石雷电击，有如利剑劈当中。
驻足南天门，默祷才定神。
翩翩云霓渐飘荡，隐隐山脊如腾翻。
黯云忽然开，下窥磨镜台。
万壑郁青层楼缀，钟声荡过竹林来。
掉头我再上祝融，轩举蹴云凌仙风。
层峦绵延连八极，坐看虎豹皆潜踪。

陈文玲

　　陈文玲，笔名颍川，女，1953 年生，现为国务院研究室综合司司长、研究员。兼任中国国际经济交流中心总经济师、中国商业经济学会副会长、中国健康促进协会副会长、中国社科院经济学博士发展研究中心副主任。北京大学、对外经贸大学等院校兼职教授，南开大学、北京师范大学博士生导师。著有《颍川吟》《颍川诗草》《颍川诗词》。

于青海贵德观黄河

静览黄河阔，情携万里歌。
一江清澈绿，几岭草香坡。
缓缓水车转，层层雪浪播。
鱼跃腾胜景，人醉唱斑驳。
不见泥沙下，但观暮霭娜。
可知除此外，滚滚却浑浊。

　　注：2011 年 7 月参加青海三江源二期规划评审时，作者曾做关于三江源的调查研究，并向决策层提出政策建议，被采纳，此次看到上游黄河清澈无比，感慨万分。

苏州园林

假山假水甲天下，真韵真情枕万家。
烟雨烟云妍丽处，古桥古巷故人茶。
苏园苏梦酥风醉，独隐独清渡心涯。
飞墨飞白非物欲，曲折曲径祛浮华。

水龙吟·于青岛观海浪

　　滔滔海浪接天处，絮语万千融入。层叠错落，淌出憧憬，亦书心路。马蹄疾踏，士兵成列，奔腾如舞。望数条银链，编织壮美，谁提问，谁答复？

　　浩瀚汪洋倾诉。借长风、推波相助。似弹乐曲，似飞丹墨，似吟诗赋。亘古不息，聚情携韵，冲刷无数。伴星辰日月，虚怀若谷，登高极目。

满庭芳·长江

　　孕育斑斓，催生画卷，一泻千里江天。携情融韵，乘月洒珠帘。故国何人咏叹，赤壁赋、水绕山巅。时光逝，夕阳几度，汀渚落诗篇。

　　涓涓，奔涌处，轻舟已过，峻岭急滩。后浪推前浪，昏晓桑田。多少征棹远去，当此际、地阔胸宽。长河竞，年年岁岁，我亦在其间。

柳梢青·西花厅折叠往事

　　西花厅里，满园新绿，春光和煦。紫玉芳竹，馨香缕缕，恰逢春密。

　　高山仰止追念，化作美、融于天地。几曲回廊，折叠往事，谁人足迹？

　　注：该首词为作者参观周恩来总理西花厅所作。

水龙吟·家乡河北之美

千红万紫沧桑蕾，静赏家乡之美。广袤田野，滔滔海浪，飘飘塞北。慷慨悲歌，壮哉燕赵，挺直脊背。忆儿时旧事，矮屋合院，庭前树，车同轨。

星唤晨钟已醉。望长城、蜿蜒雄伟。有些惬意，有些豪迈，有些追悔。岁月匆匆，时光忒短，恰似流水。却太行横卧，年年吐翠，草青花翡。

念奴娇·读习近平《追思焦裕禄》词

纳云吐雨，阅春色，大地惊蛰微熹。滚滚思怀，追逝者、催促匆匆步履。合抱焦桐，归来碧绿。树下浓荫里，江河东去，浪花飞舞成曲。

默默播种耕耘，奉深情不已晨曦几许。胸臆灼灼，融梦想，直上长天环宇。月夜银屏，酹英雄气概，任凭风洗。凝胶时刻，淌出无尽心语。

孔祥庚

孔祥庚，笔名云根，1954 年生，云南石屏人。研究员。历任中学校长、中共建水县委常委、中共云南省委副秘书长和政策研究室主任、中共玉溪市委书记等。现为云南省民族事务委员会主任、《中华诗词》顾问。著有《云根诗词》等。

重访燕子洞

燕来寻旧踪，三匝误真容。
唯有洞边草，依依绿到峰。

注：二十年前，我任建水县委常委，与张志刚、肖成、朱运祥等先生开发燕子洞，选景点，编导游词。今天到此，导游词变成"故事"，小树长成森林。感慨颇多，吟成小诗。

青海行（三首）

黄河源头

黄河源上走，但见水清流。
本末何相远，谁人为此忧？

丹霞地貌

芒光耀眼中，万仞入晴空。
山脉通人脉，思随幻境同。

青海湖

蜃楼龙吸水，雪浪鸟成群。
百态须臾见，赖天呈瑞云。

红河梯田

层梯开到彩云间，河汉直流千里田。
欲要栽秧收谷子，须背竹篓上青天。

包公故居

二〇〇六年秋，谒包公故居，欣闻合肥市打算以此作廉政教育基地而成诗。

焚香跪拜敬包公，许是冤情梗在胸。
官场倘若无污吏，老相门前早已空。

瑞丽热里瀑布

寻幽向深涧，信步觉清凉。
古树撑天宇，微风含惠芳。
断无人扰攘，唯有水飞扬。
不见纤尘动，山花却满裳。

小岗村感赋

温饱何因似旧年，当时情景记犹鲜。

孤灯寒夜摁私印，几户饥民分社田。

雷动九霄春正好，名扬四海步难前。

凤阳花鼓轮番唱，内耗功臣可自怜。

注：纪念改革开放三十周年之际，媒体频频报道中国农村改革先行者——安徽省凤阳县小岗村，"一年越过温饱线，二十年没有过富裕坎"。其原因是当年带头大包干的十八名功臣轮流当村组干部，为名所累，为利所困，家族势力内耗。以此，联想到当前农村的某些现象，联想到千百年农民起义的成败，故成小诗。

沈华维

沈华维，1954 年生，宁夏回族自治区永宁县人。武警大校警衔。曾任宁夏诗词学会副会长、宁夏毛泽东诗词研究会副会长。现任中华诗词学会常务理事、副秘书长兼办公室主任。著有《问心斋诗词集》等。

漫步北京昆明湖

锦绣湖光十里开，莺传雅韵绿环台。
微风吹散层层浪，多少悲欢波下埋。

凭吊圆明园绝句（五首选一首）

疮痍诉说事之秋，留得空山月一钩。
漫步废墟凭细览，石狮仰面不低头。

游白马湖荷花荡

花开正值绿阴肥，醉赏红颜人已非。
相识依稀江上雨，绵绵着意感芳菲。

游瓜洲古渡

古渡洲头野草风，苔痕竹外啭黄莺。
凭栏望断江帆远，故事还从浪里听。

钱塘江观潮

钱塘八月中，骋目陡然惊。
卷浪山峰起，铺天烟雾生。
雷奔云外响，雪向海边倾。
归去仍依恋，来时更有情。

初冬游香山

山林深几许，风啸谷回鸣。
顾影行人少，时闻落叶声。
秋霜浓亦淡，野草枯还生。
漫道夕阳老，彩霞一抹红。

夜泊嘉兴南湖

月自明来水自清，浪花淘尽几多情。
海边波动金蛇影，檐下风吹铁马声。
潮落潮平分又合，秋风秋雨复而同。
民心汇作江河水，载得轻舟过万重。

重游鹤泉湖

重游不识旧时样，盐碱愁消碧浪长。
酸泪今成甘味水，香荷已漫阔池塘。
穿梭白鹭疏新景，入画风光醉梦乡。
生态复归春永驻，豪情我自饮琼浆。

关中道上

秦川五月令人迷，正是杏黄麦熟时。
云降三原经万象，绿铺千邑更生机。
骄阳熏得芳盈野，紫燕轻鸣丰讯知。
景色全收不由我，好花须看莫嫌迟。

登岳阳楼

金风送我上楼台，胜景崔巍气象开。
十里君山秋意动，千年洞渚鼓声来。
清时九域多同道，亘古三湘有逸才。
楼赋双雄两辉映，人间忧乐壮情怀。

悼钱学森院士

一人足可胜强兵，为报梓桑破万重。
北美横磨三尺剑，西昌引领九天龙。
身心许国拓荒漠，星弹扬威耀碧空。
痛失元勋同泣泪，神州无不仰高风。

张梅琴

张梅琴，女，1955 年生于广西壮族自治区贵县（今贵港市）。山西平遥县人。现任中共山西省委办公厅秘书处副处长、中华诗词学会理事、山西诗词学会副会长兼组联部主任、山西山右文化研究院常务理事、山西中华文化促进会理事。著有《张梅琴短诗集》《朵梅集》等，辑《心中有绿洲》等。

登峨眉山

远望雄奇秀，群峰绕紫烟。
登临空旷处，伸手探青天。

五台山台怀秋思

一踏高台万里秋，寒云缕缕去悠悠。
知它不解相思味，只会飘浮不会愁。

忆江南·西湖夕照

东风爽，湖畔草先青。山映斜阳舟去远，风吹细浪燕来轻。引颈白鹅鸣。

念奴娇·登岳阳楼述怀

登楼纵目，水天处，渺渺迷茫空阔。巨鉴云光浮动处，镶嵌青螺闪烁。轻艇飞波，白鸥掠影，风卷戏残雪。烟波浩渺，激起沉思难灭。

　　遥想千古前贤，天涯漂泊，朝夕思忧乐。肝胆铸成冰雪洁，悲喜常知荣辱。感叹而今，豪华酒桌，几个谈民瘼。消除分化，不知何年何月？

【天净沙】九寨沟

　　涌泉流瀑飞霞，青山绿树红花，碧海蓝天骏马。如诗如画，仙乡誉满中华。

【天净沙】秋游沙湖

　　蓝天白鹭金沙，小舟诗客琴娃，翠苇银鳞戏鸭。艳阳高挂，银川情系天涯。

【双调·骤雨打新荷】登东方明珠览上海

　　秋日空明，任柔光沐浴，爽透肌肤。乘梯直上，节节展新图。好个繁华气派，活脱脱一颗明珠。纵目望，浦东景色，海阔天舒。记得那年游历，叹外滩旧貌，脚下平铺。廿年巨变，举世共惊殊。与友凌霄谈笑，指身边朵朵云浮。待评论，盼它伴随岁月，再辟通途。

张智深

　　张智深，1956 年生，黑龙江省阿城人。现为黑龙江省画院常务院长，中国音乐家协会会员、黑龙江省诗词协会副主席、黑龙江省书法家协会理事、黑龙江省美术家协会理事，国家一级作曲。

登白帝城

　　　　滚滚大江水，奔腾远古来。
　　　　倾天涤日月，卷地荡尘埃。
　　　　欲问沧桑事，独登白帝台。
　　　　长风生万壑，秋色满襟怀。

访金陵凤凰台

　　　　千古谪仙后，谁人吊咏来。
　　　　秋风无限恨，吹上凤凰台。
　　　　江入云荒尽，城随日影开。
　　　　忽闻雏凤语，朗朗正徘徊。
　　注：雏凤，凤凰台遗址已经变成小学校。

过零陵思草圣怀素

　　　　客路零陵北，秋如古帖残。
　　　　急风蕉叶地，狂草墨云天。
　　　　笔冢蒙青雨，江流绕绿庵。
　　　　长安远游去，湘月至今寒。

登钱塘江六合塔

九重天外大江开，吞吐乾坤何壮哉。
雪涌千关掀海啸，潮轰万马过山来。
空楼月冷王侯梦，芳草春深烈士哀。
终古烟涛成一曲，群峰为我作歌台。

自重庆东下水路中

披襟携酒此栏台，山为扁舟锁钥开。
万户春随吴雨湿，一江风自蜀天来。
洪涛莫问升沉梦，紫阙难栖浪漫才。
回首斜阳应一笑，明朝东海酹霞杯。

过辽东望儿山

孤影依依仁冷曛，伤心故事几曾闻。
千帆烟雨成新泪，万载风霜铸老身。
海落何时出碧野，儿归无处觅渔村。
晚来凝望殷殷处，数点征鸿入渺云。

大渡河铁索桥

云急风高步步危，当年弹雨溯红旗。
十三弦奏英雄曲，百万涛轰壮烈诗。
润物有天皆雨露，扫陵无地不花枝。
激流日夜风拍浪，倚索犹闻征马驰。

注：十三弦，桥由十三根铁索构成。

八声甘州·金陵

问石城何处有龙蟠？钟麓渺重霄。想凤台灿羽，香楼坠扇，幕府惊涛。憔悴台城宿柳，一梦失南朝。谁傍长洲月，吹彻寒箫。

独立雨花台上，正秋风澹澹，落叶萧萧。看雄楼兀起，云涌古城高。裂苍空，笛声千里，武昌轮、风雨过江桥。长回首，秦淮深处，灯火如潮。

胡成彪

胡成彪，1957 年生，江苏省沛县人。历任沛县人民政府副县长，沛县县委常委、宣传部长，现任沛县人大常委会副主任、党组副书记。中国作家协会会员，中国书法家协会会员，中国音乐家协会会员，徐州市诗词协会副会长。著有诗文集《沧桑随笔》和《归真集》。

微山湖夏日

湖面宽宽天色好，蝉声切切柳堤长。
小船无舵随风走，带起红莲一径香。

湖上晚舟

清波印月千重影，远渡连天万点星。
身外无求心事少，泛舟独享一湖风。

曲阳金水湖晨意

窗前雀鸟鸣，呼我作春行。
金水湖边路，曲阳城下风。
日彰千树艳，波照一心清。
隔岸人家好，遥闻鸡犬声。

钟山春行

信步钟山下，歌行雨后春。
连绵皆树木，历久已森林。
丽日添新翠，层岩结老根。
经年落叶厚，席地可为身。

回太行

又至太行巅，临高心恍然。
路非昔日路，山是旧时山。
故地群松老，友人双鬓斑。
再尝岩下水，一口到当年。

戊子夏游天门山

雨过访天门，凭高一望新。
崖边檀树老，岭下竹林深。
山寺留香火，禅台听佛音。
红尘纷扰罢，此处化凡心。

厦门夜咏

晚步厦门湾，临风识大观。
星迷群岛外，月涌浪花间。
灯火移船影，山形锁海滩。
复闻潮汛起，天地正循环。

咏琅琊山

一望琅琊山，群峰列蔚然。
寺藏空谷内，观起峭崖前。
蹊径沧桑老，亭台日月闲。
风光何岁始，大树应知年。

壬辰盛夏访马陵山

马陵山色秀，七月正繁荣。
青黛浮云气，鸣蝉送远声。
径幽泉水曲，叶茂树荫浓。
最是留人处，清清溪上风。

昭阳湖夏日抒情

昭阳七月时方暑，小汉行舟入大湖。
连片新荷开满眼，接天碧水望无余。
微风触面轻如絮，骤雨临舱圆似珠。
半日南阳岛上客，偷闲换得一心舒。

新疆即兴

天山一脉雪茫茫，戈壁连绵接大疆。
不尽沙滩迷道路，无垠草地见牛羊。
悠扬天籁关城远，冷落荒台风月长。
此去莫言无旧识，三杯过后不思乡。

宋彩霞

宋彩霞，女，1957年生，山东威海市人。中华诗词学会理事，山东省诗词学会副会长。现任《中华诗词》杂志编辑部主任。著有《秋水里的火焰》《白雨庐词》《黑咖啡》《白雨庐诗文集》等。

黄河壶口瀑布

咆哮天欲堕，浊浪荡无垠。
雨露生何日？雷霆试此春。
珠光流五色，湍势吼千钧。
澎湃真能借，东西万象新。

舟游南阳湖随想

故地炊烟白，南阳野水黄。
芳舟初落座，快意正汪洋。
易逝春秋约，常怀岁月伤。
新词波影外，百感向苍茫。

雨中登榆中兴龙山

野径通霄汉，峰峦脚底伸。
栖云盘索道，纤雨戏山根。
梦隐层崖动，龙腾峭壁呻。
榆中多热点，衮衮起诗心。

鹧鸪天·过沙湖

沙烫沙新沙细微，伞娇伞亮伞低垂。悬听碧苇摇千缕，握把金沙美一回。

沙特软，眼迷离，天然粉面太新奇。云存朝露留千里，自信清凉可振衣。

朝中措·腾格里放歌

谁将汗水滴金沙，大漠已开花。朝看苇林叠荡，知她韵致多佳。

驼铃摇脆，轻云点缀，栈道嘻娃。可把一怀幽梦，放飞万里天涯。

玉楼春·登黄鹤楼

临阶一曲梅花落，鹦鹉洲头帆寂寞。梦中曾历那支歌，燕北晴川因有约。

冲天不见飞黄鹤，一派秋声吩咐着。烟波别问醉如何？我与诗仙来对酌。

木兰花慢·登天子山

正鹃花烂漫，又风雨、近端阳。看天子山头，青云索引，桑植矛枪。匆忙。欲登绝顶，唤青春小子陟平冈。烟锁西山林莽，蹒跚小径踉跄。

辉煌。忽见晴光。风淡淡、水茫茫。乍雨过、潋滟花肥九陌，玉叶腾芳。难忘。故人何在，见春潮滚滚向东方。元帅精神不老，人生易老何妨。

满江红·娄山关

百折千回，蹒跚地、一番怀古。想当日、山中激战，气吞寰宇。万马霜晨龙虎啸，七弯烟火山河怒。看关头、一鼓破王家，斜阳暮。

山依在、情如故，英雄事、星如许。把西风望尽，彩霞无数。几许烟尘山似海，此看雨雪苗成树。念回程、泼墨约长笺，吟《金缕》。

江城子·游蓬莱仙境

仙山海上不分明。浪轰鸣，雾蒸腾。再度凭栏，独自看云行。莫说乾坤诗梦里，诗之外，梦无名。

红尘难见老龙醒。月如冰，日还暝。纵有禅机，天地隐雷霆。风约青天天似水，茫然处，涌涛声。

潘　泓

　　潘泓，1957 年生，湖北省红安县人。中华诗词学会会员。现为《中华诗词》编辑部副主任。著有《复言诗词集》。

长　城

叠出秦关耸汉关，蛟龙舞在万千山。
浮尘起落林狐窜，古堞高低塞马闲。
莫笑藩篱难御敌，应知黻黼易遮奸。
几多圮缺非因孟，不见王苏不见班。

过小浪底

孟津城北苍茫里，王屋云封鸟迹稀。
黄水一条流坦荡，紫砂千仞护芳菲。
效愚公事宜同志，唱大风歌要用威。
可爱漓江清已夺，打鱼人伴牧人归。

到韶山

收尽鞭云掣电踪，伟人身后是青松。
拓开史上非常路，耸作寰中又一峰。
荷叶池塘寒雨霁，菜苗田野晓霜浓。
当年形貌今回溯，恍惚雷声动九重。

登张家口大境门

烽烟大境门，锁钥张家口。长城骑山岳，战垒列田亩。或曰屏京都，雄关一夫守。或云备胡骑，刀戟森森久。人物饮霜雪，言语摧砂吼。

会当塞日晏，商贾接踵走。呼吸问何如，畴风烈似酒。登临望何如，烽火台未朽。关河须慷慨，禹甸赖窗牖。跋疐复岿然，护我江南柳。

念奴娇·武当山金顶放怀

擎天一柱，把飙驰群马，顿时拴却。七十二峰铺过去，画轴远黏天幕。汉水徐徐，车城隐隐，羽族云中掠。清凉天地，那分霄汉楼阁。

千里百里来朝，万山接踵，雾涌霞烟落。始信峥嵘恭谨甚，当识步虚音乐。呵护斯民，藩屏斯土，往事诠强弱。俯瞰遥望，心情乘了仙鹤。

念奴娇·香山

静宜园内，正无穷翠黛，候清秋节。缥缈风中身欲举，去看岿巍楼堞。雨后溪声，天中鸟影，大象浑难说。身边尚有，许多超迈人物。

不见明寝清陵，想来相伴，是夏花冬雪。便是豪情难得死，能耐几番撩拨。枯骨无存，画屏犹在，岂忍芳菲歇。思量明日，漫山红了栌叶。

邹积慧

邹积慧，笔名季卉，1958 年生，吉林省农安县人。博士后，高级经济师、高级政工师，黑龙江省劳动模范。曾任黑龙江省农垦总局常务副局长，现任黑龙江省农垦总局党委副书记。出版《季卉文集》等四部。

北大荒走笔（二十五首选十首）

开荒建场

赤旗一抖卷晨曦，大梦荒原乍醒时。
马架遥支星月近，镢头高举雨云低。
无边田垄年年长，遍野狼虫日日稀。
崛起新城千百座，垦殖史上蠹神奇。

注：马架指简陋住房。

现代农业

无垠黑土泛油花，沃垄诗行气自华。
遥感勘查惊四野，激光整地惠千家。
银鹰播雾虫灾遁，高炮穿云密雨斜。
敢领高科蜚九域，神农属我不虚夸。

注：银鹰播雾指农用飞机喷药。高炮穿云指人工降雨。

排灌工程

闸门一举浪排空，百里长渠走巨龙。

笑脸常迎拂晓白，疲身时送晚霞红。
不愁旱涝吞兼吐，何虑风云淡复浓。
流水欢歌吟阔野，倦苗满眼又青葱。

城镇建设

巍峨塔吊入云空，靓丽新城起彩虹。
垩土房屋随逝水，扬眉楼宇抱来风。
街衢宽敞千车急，沼气清洁万户通。
联袂城乡齐荟萃，大鹏展翼上青穹。

生态垦区

春风驰荡柳蹁跹，俊彩霓霞染杜鹃。
湿地氤氲原始美，雁窝旖旎鸟声圆。
盈盈翠色铺田野，浩浩林涛动宇寰。
愿借蓝天无价纸，大书碧水与青山。

注：雁窝指雁窝岛。

垦荒第一犁

一朝破土起沧桑，北大荒成北大仓。
能让亿人肠肚饱，君应佩戴大勋章。

注：北大荒当年提供的商品粮，相当于我国一亿人一年的口粮。

航化作业

谁持彩笔倚晴霄，一绘金秋万里豪。
最喜飞喷甘露水，画中涨落太阳潮。

注：飞喷指农用飞机喷洒防病健身增产液。

红旗岭农场湿地

湿地氤氲意态雄，芦花鸟语乱天风。

千般旖旎撩胸臆，诗兴翻腾一鹤冲。

鹧鸪天·万亩水稻田

雨后平畴一望新，风吹稻海浪推金。鸟临陌柳无忧唱，花绽田头更著春。

情切切，意真真，南腔北调取经人。当年领袖登临处，胜迹常留励后昆。

鹧鸪天·雁窝岛

翠羽斜飞白苇风，锦鳞嬉戏绿波琼。一河菡萏金辉里，满岛葱茏晚照中。

波万顷，浪千重，芦花朵朵向霞红。千般旖旎撩思绪，一鹤飞腾入画中。

注：一河指挠力河。

黄小甜

黄小甜，女，1958 年生，广东新会人。中华诗词学会教育培训中心副主任、中华诗词学会诗词研修班导师、广西诗词学会副会长、广西散曲学会常务副会长、《中国当代散曲》副主编、《广西散曲》副主编。与家人合著有《兰韵集》。

离亭燕·穿高跟鞋与诗友
游都峤山森林公园登将军峰

幽谷嶙岣泉泻，茅店茶亭清雅，古木葱茏杂禽跃，几线阳光轻挂。险径共登攀，携手情深无价。

鞋是高跟谁怕，稳步天梯潇洒，笑握云烟扔远近，装点峤山佳画。汗雨润峰巅，喜拾名山诗话。

意难忘·雨中泰山行

雨片风枪，看山岚狂卷，变幻非常。苍松云里绰，怪石眼前藏。人至此，似翱翔，袖举弄霓裳。蓬莱境？烟波汹涌，百态转迷茫。

"五岳独尊"崖旁，正豪情激荡，摄我为王。"拔地通天"路，风采任君量。吸雄奇，化诗肠，索句也铿锵。试丹青，浓浓着笔，挥洒何妨！

蝶恋花·入十万大山

骤雨惊雷开画境，十万雄奇，浩浩来天际。泼彩淋漓浓淡洗，苍茫俄顷连绵砌。

泻下甘霖奔谷底，栈道呼朋，直上云霞会。陶醉骚人情若沸，诗心绿染毫端翠。

卜算子·东兴金滩

滚滚万重波，呼啸来天外，疑是银河白浪掀，倒作金滩濑。唤醒是童心，欲跃追涛赛，且挽豪情引浪花，牵起潮澎湃。

【中吕·山坡羊】桂平西山乳泉

温馨奇趣，母亲情愫，人间百味凝甘露。注冰壶，漾玑珠，樽前漫品牵思绪。博大胸怀诚挚予。情，天下许；清，非自诩。

采桑子·夏日西山游

飞来巨石连绵砌，古树清幽，禅院清幽，蓄得清风凉似秋。忽晴忽雨浑无定，云漾悠悠，虹荡悠悠，招入诗肠惬意讴。

桂平西山拾翠

瑶岑分绿到心头，拾翠拿云任自由。待命柔毫知会否？不教俗媚碍风流。

采桑子·乘舟游大藤峡

行船漫绘百千摺，峡谷推开，凤竹排开，远岭轻盈步将来。小村错落悠然甚，绝壁旁栽，叠翠崖栽，垂钓渔翁云上待。

张晓虹

张晓虹，女，1958 年生，山东沾化人。原《中华诗词》编辑部编辑、中华诗词研修班导师。现为中国人民解放军国防大学中华军旅诗词研究创作院创作部主任、副总编辑。

满江红·过八女投江处

伫立斜阳，怅流水、沧波无语。有谁记、浮襟卷帙，旧家英女？拴马桩前空碧草，惊风浊浪沉飞羽。一霎耳、肝胆裂悲笳，魂归去。

生与死，身与誉。心相寄，情相许。是故国梦断，一息如缕。留取英名传万古，还看梨雪迎风举。漫掬来、薄酒酹相思，天飘雨。

卜算子·金鞭溪

不见牧童来，只听金鞭响。赶着春风赶着云，赶着青山淌。

暂作武陵人，暂借陶公桨。载上忧欢一卷诗，驶向桃源港。

临江仙·秋游红莲湖

雨作琴丝涛作韵，长堤信步闲听。斜撑荷伞过烟亭。牵风吟翠縠，犁浪播欢声。

我去我来终是客，游鱼波底休惊。沙洲谁在踏歌行？童心栽绮梦，鸥鹭放遐情。

清江绿花浦

——鸭绿江畔

清江绿花浦，六十窈悠秋。
曾记征云剪，未忘春影浮。
霜侵三骠径，波挽九榆舟。
共执诛心剑，一挥封贼喉。
晴穿生彩练，归泪热双眸。
回看青黄处，可埋斑驳矛。
松针堆冻土，桃叶聚弯洲。
晓月摇闲羽，轻风送巧鸥。
有言分获苇，无胆问貔貅。
掬我天池水，酹君盘古瓯。
倾腔家国血，依旧绕山流。

望海潮·中海遐思

鹊桥幽渡，银河摇落，群星暗下凡烟。风过鹭亭，舟回雁渚，偕来鸥侣翩翩。自在点波澜。任燕梭柳线，织就华年。把酒闻歌，剪红裁翠任流连。

不知天上人间。正风光旖旎，淑气无边。依岸画楼，持竿钓客，浑然世外神仙，来约此生缘。奈汉河牛女，玉笛催还。何日罗衣化蝶，踏月采青莲。

注：中海系滨州八景之一。

刘庆霖

　　刘庆霖，1959 年生，黑龙江密山人。曾任吉林省农安县、吉林市龙潭区人武部政委，上校军衔。现任《中国诗词年鉴》副主编、《中华诗词》副主编。著有《刘庆霖诗词》《掌上春光》《古韵新风——当代诗词创新作品选辑·刘庆霖作品集》等。

高原牧场

远处雪山摊碎光，高原六月野茫茫。
一方花色头巾里，三五牦牛啃夕阳。

上龙潭山

漫步龙潭身愈轻，山阳独自感新晴。
喜观崖雪纷崩落，听得残冬倒塌声。

夜宿长白山顶

夜深冷露渐侵阶，独步山巅情未回。
饮水方思堆嶂雪，催花欲借弄春雷。
天风浩浩生襟袖，地火熊熊温酒醅。
手握星辰偏不摘，留将指印鉴重来。

壶口看黄河

西出昆仑有巨龙，烟云拱护雾藏踪。
山中养性九回曲，日里吐波千丈红。
脚步那堪半天下，情怀不在一壶中。
悬崖峭壁等闲过，吟啸能期东海逢。

赤峰红山

大漠河滩有座山，九峰似炬对空燃。
苍龙隐匿白光里，丹凤涅槃红焰间。
历史车轮辗深辙，前人足迹串长烟。
一方新市如仙境，建在先贤梦里边。

北疆哨兵之一

口令传呼换哨回，虚惊寒鸟绕林飞。
秋山才褪军衣色，白雪先沾战士眉。

北疆哨兵之二

巡逻每把夕阳随，夜幕降临人未归。
不畏眼前歧路暗，万家灯火亮心扉。

北疆哨兵之三

三载哨兵明月陪，壮心已共白云飞。
他年若许天涯老，血洒边关铸界碑。

雨中登岳阳楼感怀

亮牖对湖阔，高檐挂雨齐。
一门腾鲤众，四柱绕云低。
官帽作楼顶，民心筑地基。
此临非望水，忧乐久情痴。

橘子洲头观毛泽东雕像

洲头抬首望，巨塑欲工竣。
立架仍完善，雕形恐不真。
阳光为着色，秋雨作除尘。
走下神坛后，依然一伟人。

感受毛垭草原

百里草原花色鲜，藏胞游牧信天然。
一声鞭响白云走，留下群山空栅栏。

诉衷情·登山海关

帝王远去剩山青，胜迹任人凭。山海雄关西望，莫障眼，旧长城。

千古事，最关情，是和平。几时人世，剑铸犁铧，犁铸琴筝。

登鹳雀楼之一

鹳雀飞旋迷野汀，大河夕日烁金明。
楼台可揽汉唐月，诗赋岂分今古荣。
利在国家终欲得，名归天下敢思争。
凭栏只许说之涣，半个江山毫管横。

登鹳雀楼之二

雾开烟树气升平，斜日回头鉴此登。
骋目鹳飞山莽荡，怡情虎卧壑峥嵘。
黄河欲断终不断，古月失明还自明。
济海泛舟思载酒，江山鼎重有人擎。

庆春泽·崂山顶观雨并寄战友

应有神仙住，云朵作棋排，手挪秋雨。吾独守条规，观棋无语。下界回眸，小珠大珠舞。

山中小径时露，招呼更前行，蹚云穿雾。终是这人生，无分今古。两腿如剪，自裁世间路。

高原军人之一

高原营帐触天襟，耕月犁云亦可闻。
夜里查房尤仔细，担心混入外星人。

高原军人之二

一年三季雪封门，乱石嶙峋难觅春。
风冻鸟声浑不啭，巡逻更上一层云。

高原军人之三

缭乱行云雪后生，崖间换哨在平明。
军姿冻得嘎巴响，剩有心温未结冰。

过五指山

椰风相伴友相牵，登得奇峰天海间。
一抱白云沾五指，蓦然回顾手成山。

钱志熙

钱志熙，1960 年生，浙江乐清人。北京大学中文系教授、博士生导师、古代文学教研室主任，中国唐代文学学会理事、中华诗词学会常务理事等。著有《魏晋诗歌艺术原论》《唐前生命观和文学生命主题》《汉魏乐府的音乐与诗》《魏晋南北朝诗歌史述》《活法为诗》《黄庭坚诗学体系研究》等。

雁山晚兴

归路风蝉已不嘶，人家隔水晚烟迟。
斜阳落后闲云好，坐到千山入梦时。

未名湖边山桃初发

未生绿叶不成妆，浅约清寒立小塘。
待到浓时更回首，方知消瘦是春光。

宜昌道中

车过枝江眼转青，好山一路入夷陵。
旅怀顿觉吟情满，颠宕依窗句已成。

乘机自京还温飞经泰山时作

东华小别指归航，万里乘风问故乡。

云下青苍三百迭，计程知是岱峰长。

甬东道中

韬窗静坐抚征衣，城郭烟村去似飞。
指点甬东山色好，数峰青入碧天围。

温台道中

故园归路杂风尘，到眼青山似故人。
最爱温台地名好，前程已是白沙津。

再游福海

暑气中人苦不醒，还来此地觅清泠。
四围树向湖心绿，一迭山从林际青。
小阁飞帘人卖酒，长天落日客扬舲。
瀛洲绝似君山碧，移我诗心在洞庭。

水龙吟·伊春纪游

壮游万里归来，蜷身还向书窗底。陈编蠹简，炎天长日，车声沸耳。苴稆生涯，虫鱼事业，古今如此。忆轻车前日，千山萦绕；也曾到，清都里。

翠岭碧天无际。映澄江，画楼霞绮。龙峦凤野，阆风悬圃，自然神丽。濯足清流，振衣远峤，梦中犹记。算他年招隐，移家泛宅，向此中是！

布凤华

　　布凤华，女，1960 年生。山东省阳谷县招商局党组书记、局长。中华诗词学会理事，山东省诗词学会副秘书长。作品散见于各大报刊。

登狮子楼

狮子楼栏话武松，寒光闪出快哉风。
宝刀何在人何在？今日西门又走红。

北固山

横空夺京口，山势压江流。
日出扶桑杪，云生铁瓮头。
金焦栏外小，吴楚岭间浮。
神州何处望，风光北固楼。

登泰之感

朝暮心心低语频，我同泰岳最相亲。
庙添道士为新友，崖立苍松是旧邻。
风雨飘潇腹中气，川原卓拔史前身。
俯观天下沧桑事，笑对红尘假与真。

吉林梅河口游磨盘湖

山环水抱树高低，望眼依稀转入迷。
湖底蓝天云漠漠，岛中白鹭草萋萋。
清幽直欲归陶谢，疏放堪宜唤阮嵇。
日暮艄翁催客子，夕阳付与一波犁。

镇江西津渡

日落江心听暮潮，金陵灯火忆遥遥。
旗旋战舰飘三国，棹渡游人来六朝。
竹阁依山商贾梦，瓜洲隔水杏花娇。
今宵漫踏古时月，几处津楼吹玉箫。

游镇江焦山

玉浮扬子惜伶仃，雾薄僧庵岛树青。
白鹭蹁跹临水看，黄莺婉转隔花听。
闭关处士轻龙诏，镇海仙岩隐鹤铭。
涤罢尘襟元圃歇，灵山绝少俗人经。

秋日福建长乐之东海

深秋度远海之滨，世像纷纭慵问因。
几许烦忧归逝水，半生荣辱付浮尘。
心宽能纳不平事，德厚应怜可笑人。
白浪已随潮落尽，惟余佳景是天真。

赵宝海

赵宝海，1961 年生，黑龙江省绥化市北林区人。现任黑龙江省农垦总局史志办副编审，北大荒作协副主席兼秘书长。著有《古韵新风——当代诗词创新作品选辑·赵宝海作品集》《杯中山水》《云至堂集》等。

木兰游山记感

携友前行山色深，清清雪水伴泉音。
春风拂面尘嚣尽，折得枯蒿也自亲！

游香磨山雪中见野菊

山水秋残落叶黄，纷纷初雪更苍凉。
心痴独向花间拜，野菊香寒古寺旁。

登通化白鸡峰

欲闻喔喔白鸡啼，冒雨登山阶似梯。
汗气蒸腾入云气，苔深林密淌泉溪。

通化靖宇陵园

山上陵园旗帜高，周围草木似枪刀。
阴风若起扶桑岛，此处松涛便怒号。

通化三角龙湾

玉鉴琼田山上开，波光云影净无埃。
伊人不管秋将老，捧束红枫照影来。

游云南

走上高原近九垓，鸟声鲜嫩洗苍苔。
一枝一叶皆亲近，挥手向云云自来。

王国钦

　　王国钦，笔名好雨。1961 年生，河南省尉氏县人。现任河南文艺出版社副总编辑、编审，中华诗词学会常务理事，河南诗词学会副会长，《中州诗词》副主编。主编有《新纪元中华诗词艺术书库》（6 辑 60 卷）。编著有《中国历代名诗名画欣赏》《中州诗词精华》等。著有《知时斋丛稿·守望者说》《知时斋丛稿·歌吟之旅》。

谒开封包公祠

堂堂华夏地，千古一青天。
咫尺祠中意，能无愧此贤？

过朱仙镇瞻题岳飞庙

还我河山怒发冲，金牌十二斩精忠。
无端三字伤千古，犹见残阳泣北风。

黄河壶口瀑布即景

垂天倒泻画图中，泼墨黄河万古风。
老酒神壶千里醉，壮歌一曲更朝东。

登老君山马鬃岭

横看马鬃竖看刀，老君山色画中瞧。

这山莫看那山远，自领风光耸碧霄。

桂林赴上海机上有感

关山万里路何迢？鹏鸟腾飞上九霄。
云海涛惊心海广，航空技越悟空高。
却思尘世多喧扰，莫道洪荒不寂寥。
笑瞰人间藏碧水，乾坤一点画中瞧。

庚辰秋赴龙虎山诗会兴怀

好风吹送欲何之？践约三秋未敢迟。
雅集丹霞龙虎地，梦回紫气凤凰池。
道宫灵观神仙戏，圣水巫山百姓疑。
世上贪官如蚁走，有无廉术问天师？

董 澍

董澍，1966 年生，北京人。现为北京协和医学院副研究员，北京诗词学会副会长。著有《天马行》《豫苑诗话》等。

木兰围场

天子呼鹰围鹿去，可汗纵马猎熊回。
欣然北国城头靖，岂料西风海上来。

岷江行

昨日初逢秦堰口，今朝又遇乐山津。
吾知卿是岷江水，卿可知吾董某人？

信步嘉峪关

雄关当道枕天荒，横揽祁连傲雪霜。
大漠有情期好雨，长亭无悔送残阳。

三亚之夜

蕉雨潮声鼾枕上，椰风渔火乱星文。
天涯无路应回首，海角扬帆可入云。

天安门

承天紫禁开阊阖，和玺金龙舞凤凰。
一夜云收新日跃，五星旗举大风扬。
兴邦事业惊欧美，旷代勋名继汉唐。
华夏弄潮多俊杰，青春淬火铸辉煌。

注：和玺，中国古代最高等级建筑彩画。金龙舞凤凰，飞檐上装饰的瑞兽祥禽。

从云南飞赴北京

锦绣春城回望中，灵仪神骏转成空。
朝云桂海千层白，午日京华一点红。
谁为多情开广宇，我来随意舞长虹。
驱车直下三环路，拂袖唯余万里风。

注：灵仪、神骏，分别为滇池坝子（盆地）西边的碧鸡山和东边的金马山。

题密云石城镇

久闻仙谷似桃源，迤逦寻来各忘年。
软语关情花径鸟，长松破壁玉炉烟。
失途银汉终填海，得势金城欲补天。
捷足云间何用杖，清风扶我踏歌还。

注：失途银汉，指流落于谷底的瀑布。得势金城，指崛起于山脊的长城。

王恒鼎

　　王恒鼎，1966年生，福建省福鼎市人，中学教师。中华诗词学会理事、福建省诗词学会副会长。著有《固吟楼诗词》等。

游仙岩洞绝句（三首）

危崖几处杜鹃红，涧水穿流乱石中。
愿共伊人同驻足，最幽绝处听松风。

春山如黛水之涯，野鸟啁啾引兴赊。
几度离群游伴笑，与卿贪看路边花。

莽莽仙岩斧劈开，飞流应自九天来。
三生石上寻春梦，珠雨纷纷湿翠苔。

大江吟

关山迢递舞长龙，岁月峥嵘指顾中。
已锁波澜横巨坝，忽收云雨列奇峰。
千秋人物难淘尽，万里车书总认同。
愿约坡仙今日醉，狂歌一揽水流东。

王子江

　　王子江，1967 年生，辽宁阜蒙人。现为沈阳军区装备部综合计划部装备财务处处长，《中华诗词》编委，解放军《红叶》编委。著有诗词集《牧边歌》、新诗集《雪塞歌》等。

咏长江

万里风光千载新，蓝天飞下玉麒麟。
身驮一座唐诗库，直教中华读到今。

延河颂

宝塔山前故事多，精装版本是延河。
朝阳浴水红军色，泛起中华万岁歌。

井冈山

罗霄山脉绿淋漓，遍隐人间故事奇。
铁血红军从此去，一枪打下万年基。

赤峰吟

炊烟缕缕拄蓝天，纤草如绳把马拴。
古塔斜插尖似笔，云间续写契丹篇。

西柏坡

普普通通一小村，也曾借手写风云。
自从赶考人走后，枣树时时听打分。

黑龙江依兰吟

月下依兰河水吟，千年风景再翻新。
五国城外红灯挂，酒绿唇边说宋人。

过太平坡

一缕炊烟雾气和，天蓝草绿太平坡。
溪蝉联袂清歌响，山里人心未打折。
注：太平坡，在辽宁省阜蒙县扎兰营子镇太平山屯境内。

北极村

大梦三更醒，开门握夜魂。
风围山领袖，雪抱月知音。
天地夹荒径，冰河裂掌纹。
红歌随脚印，播种太平春。

赤壁吟

秋来游赤壁，梦里感沧桑。

雾锁前朝事，风回二赋堂。
云空亭向鹤，诗老月出江。
今古千帆过，人生纸上长。

天柱山

奇峰兀立磬声长，无限风光洞里藏。
笋子尖出云被破，渡仙桥横松翼翔。
天池雁起南巡意，山谷花开中镇香。
试看深秋新景物，游人挤碎路边霜。

武夷山

群峰万仞各峥嵘，九曲泛舟路可通。
岩影光摇山火色，桃园云泡绿茶盅。
源头得句馀灵气，玉女插花忆旧容。
更向紫阳书院去，诗文读罢梦听钟。

过南京

烟雨秦淮一梦遥，金陵旧事未全消。
乌衣巷里绿封路，玄武湖边红泛潮。
无色街头书卷气，有声店铺帝王刀。
明月故垒秋风闹，欲过长江第九桥。

夜宿小兴安岭

落叶纷纷怨不休，一年日子已出头。

云凝墨色仍无雨，草换黄衫能认秋。
梦里残阳红上树，林间苍柏绿从流。
潮声入耳春传递，明月隔窗未进楼。

乐游原上

握手蓬蒿泪两行，西风犹认帝王乡。
碧草反光遮古道，苍苔带露补残墙。
曲江流水思春夏，秦冢无声梦汉唐。
记起黄昏诗句后，乐游原上问朝阳。

捣练子·鲤鱼坝苗寨

云影淡，小溪青，风雨桥头响串铃。牛角笑斟拦路酒，稻香深处起诗声。

西江月·关山词

日落关山脉脉，风吹大野萧萧。沙连戈壁九天遥，瑟瑟沙棘瘦枣。
云锁界桩河绕，雁鸣哨所旗飘。军歌一捆过长桥，独把黄昏扰。

蝶恋花·界山谣

天下哨兵山最好，云卷云舒，总露尖尖角。如此千年情未了，秋冬春夏都知晓。
欲写新闻来报导，采访家乡，一夜嫦娥老。踏遍人间无处找，已然化作和平鸟。

水调歌头·重上哈达山

又乘黄昏雨，重上哈达山。千里来寻旧事，事事梦魂牵。站在苍鹰起处，笑把烟村点数，飒爽副虹间。溪水流山外，抽响牧羊鞭。

把霞挽，扶风喊，望天边。一路横穿塞北，万树媚云端。可上北京卖座，可下东洋揽客，往返举杯欢。我自开支票，预定六十年。

注：哈达山，在辽宁省阜蒙县扎兰营子镇境内。

高　昌

　　高昌，1967年生，河北辛集人。《中国文化报》编辑部副主任，《中华诗词》执行主编。著有《两只鸟》《玩转律诗》和《白话格律诗》（合著）等。

忆武当

　　　　身似白云闲，心随小径弯。
　　　　至清风飒飒，上善水潺潺。
　　　　问道幽时醉，寻诗险处攀。
　　　　别来常入梦，难忘武当山。

高昌城怀古

　　　　苍凉随落日，天地举如杯。
　　　　谁卷群星去？我擎孤月来。
　　　　流沙追梦远，断壁入诗哀。
　　　　瀚海春风渡，心花次第开。
　　注：高昌城，故城遗址在今新疆吐鲁番市。

车过黄河

　　　　终于看见那条河，百感填胸涌作波。
　　　　跃向黄流红一尾，奔朝沧海碧千涡。
　　　　潸潸泪热零新雨，滚滚轮飞奏老歌。
　　　　九曲心情难入静，轰隆隆叹散沙多。

题朱家角

小夜曲中波渐平，闲来淘气柳莺鸣。
含香雾淡随风舞，衔梦星繁与水盟。
静里桨声如大笑，动时灯影似微醒。
心头留个朱家角，一角相思一角情。

张家界遐思

奇山秀水自多情，未必张家擅此荣。
一界青岩分俗念，白云深处淡浮名。

御笔峰远眺

高低远近莽苍苍，揽雾吞云气势昂。
御笔挥来群岭跪，宁无一个挺胸膛？

天坛回音壁

巧匠当年筑此墙，堂堂金碧饰辉煌。
可怜黔首呼声远，何日回音到帝乡？

唐山南湖偶得（二首）

酣然一梦碧琉璃，脉脉秋波淡淡漪。
为恋鱼儿小淘气，丹青影里醉清飔。

曾经噩梦忆沧桑，濯我诗心淡我狂。
多少红尘纷扰事，都从风浪转清凉。

西塞山小调

久慕苍苍西塞山，玄真白鹭小悠闲。
唐时细雨来天末，恍觉浇青两鬓斑。

长白山

绝顶开为路，天池举似觥。
居高浮世矮，笑看万山倾。

八达岭抒情

寻诗岭上一开襟，变徵悲歌梁甫吟。
每到长城呼好汉，偶从沧海忆精禽。
垛间龙斾翻晴晦，眼底燕山送浅深。
万里忧思追万古，八方风雨我登临。

舟山之夜

逢此良宵堪醉卧，一舟好梦系沙滩。
水苍依旧风吹远，野莽无妨韵放宽。
抛去月壶醇似酒，推来星盏妙如丹。
诗心追向礁边浪，暖暖春波俏俏观。

云龙湖

碧湖如镜映群峰，银汉苍茫落九重。
今夕月明君拭目，一天星雨立云龙。

五台山

人居厌尘累，佛国遁身来。
黄叶飘千树，青云绕五台。
经摇金殿醉，香积玉炉埃。
有客殷殷祷："何时可旺财?"

踏莎行·西湖新咏

柳浪歌清，平湖梦软，三潭印月秋波转。是谁负手断桥边，斜肩一把相思伞。

浅笑甜甜，深情款款，晴光潋滟熏风暖。荷花香里画船轻，烟堤送得云天远。

一剪梅·洪泽湖之恋

湖是长淮小酒窝。晴也如歌，雨也如歌。万千缱绻绕南柯。天也情多，地也情多。

蛮触鸡虫一笑呵。醒也烟波，醉也烟波。高家堰上记曾过。云也婆娑，月也婆娑。

注：高家堰为洪泽湖大坝旧称。

林　峰

林峰，1967 年生，浙江龙游人。现为中华诗词学会常务理事、青年部副主任，《中华诗词》副主编。出版有《一三居诗词》《花日松风》等诗集。

洪泽湖

长堤百里镜中开，浩荡天风湖上来。
墙挂荷田千载雪，浪奔柳岸一声雷。
混茫云自心头过，高下鸥从眼底回。
最爱斜阳红尽处，青山几点似蓬莱。

临江仙·老子山

山下洪波晴外涨，山中秋晚莎深。青牛西去杳难寻。红炉香未了，灵洞古灰沉。

过尽流云天一色，九皋凤落松阴。丹崖如梦菊如金。太霄闻玉笛，莫负老君心。

浣溪沙·金鞭溪

翠满双眸花满肩，彩鸾遥出武陵烟。行来一步一重天。
鞭响崖颠心镜朗，歌飞溪上水裙圆。春风摇在画图间。

浣溪沙·重到天门山

五色光随绝壁斜，青岚浮动满林花。依然风片软如纱。
玉女岩开呼白鹤，天门洞晓走灵蛇。且乘好景觅银槎。

水调歌头·张家界

极目碧虚外，烟雨两冥濛。乱云飞起，武陵何处觅仙踪。剗尽
幽崖百丈，刻削层峦千里，疑入九霄东。莫道青莎老，来卧洞庭风。
天门月，茅岩瀑，玉皇松。只今欲把、等闲心事与春鸿。许是
名山有待，怜我诗心依旧，遥赠绿芙蓉。未有惊人句，不肯上巅峰。

鹧鸪天·甘肃东老爷山

壑纵沟深山柿黄，寒崖古木间青墙。云生石上丹台老，钟响楼
头佛影长。
经阁外，法莲旁。狐仙大梦醒诗囊。青灯一点谁堪悟，中有轩
辕万古光。

鹧鸪天·即墨鹤山

玉羽随风在九天，紫霞如锦翠岩边。桐生金井三秋露，炉起混
元五色烟。
钟破晓，水鸣弦。花光树影日初圆。行来最爱山深处，一线天
开两大千。

徐州云龙山

袖底风来身欲飘，岚横九节雨潇潇。
跳珠石乱泉声老，漱玉潭空鹤影遥。
梦有祥莲通化境，心留明月寄清寥。
生来若许千年上，未必东坡不可邀。

菩萨蛮·腾格里沙漠

金波横卷三千里，驼峰遥自天边起。歌啸塞云长，草分斜照黄。
心头沙似雪，丝路风如铁。瀚海有孤舟，望中无限秋。

武当山

七二峰高欲接天，危崖壁立拥青莲。
雁横金顶云岚紫，笛绕琼台月色妍。
济世壶随玄武侧，求真杖向老君悬。
更趋北极邀星斗，长使太和辉大千。

水调歌头·钓鱼岛之思

浩瀚水天阔，海国湛然秋。蓬瀛望处，青螺几点漾中流。云涌
洪波千叠，风卷潮声万里，苍屿小银瓯。旭日掌中出，白鹭指间浮。
尧舜域，永乐土，好神州。年来何事，重洋瘴雨锁归舟。冷看
倭酋未死，谋我东南玉璧，堪笑一蜉蝣。天半龙骧怒，誓把版图收。

鹧鸪天·红山

驼畔峰开一线天，红山未老九千年。月邀崖上秋心柳，风度佛头碧玉田。

云缱绻，水无言。回眸花树两缠绵。此间往事凭谁问，遥听松声入管弦。

浣溪沙·微山湖

细浪微风入眼眸，水天浮动藕花洲。碧云一片往来鸥。

楼影参差帆影远，滩声远近橹声柔。湖光几许为君留。

临江仙·凤凰城

岸曲江楼浮翠，参差水阁疏明。岚光夕照凤凰城。梦随渔火远，思逐暮云生。

鸟宿数枝花小，帆低一叶风轻。笙歌夜笛满烟汀。今宵人去后，谁送月西行。

鹧鸪天·雨中游三清山

野色迷蒙暗玉京，带烟随雨入三清。峰高云汉仙踪渺，水净尘氛紫气明。

吟菊绽，踏莎行。天边隐隐有余青。何当拔地三千丈，长听秋涛震九溟。

浣溪沙·瞻仰韶山毛泽东故居

似有风雷到耳中，韶峰翠涌日轮东。山居虽老火星红。
池上风来佳气暖，洞前水滴太和融。眉尖心事曲如弓。

云龙湖

快把涟漪弄，秋初暮色微。
凝烟疏竹嫩，带雨绿莎肥。
云缦帆边起，鳞光海上归。
风随长袂舞，玉管向谁挥。

何　鹤

　　何鹤，1967年生，吉林农安人。曾任《文化月刊·诗词版》责任编辑等，现为中华诗词学会网编辑。

登泰山

云烟过处掩皇封，极目苍茫觅旧踪。
望岳登高原可笑，众山小否在心胸。

山海关

铁马城楼拂海音，狼烟鼙鼓费搜寻。
秦砖缝暗苔痕冷，胡雁声悲暮色深。
风雨一朝皆梦幻，山河万里任浮沉。
蓦然回首苍茫处，那老龙头知我心。

春到黄龙府

缓步南山翠掩晴，无边秀色到胡城。
漫观风舔草芽绿，独爱霞依花蕾明。
一树黄昏沾鸟语，几丝垂柳钓蛙声。
牧鹅少女河湾处，坐看春心舟自行。

鹧鸪天·嘉峪关

雪映祁连春复秋，雄关大漠锁风流。千年往事凭谁写，万里长城到此休。

寻故迹，上层楼，茫然东望老龙头。墙皮脱落斑斓处，犹印当时月一钩。

西江月·黄崖关看长城

古道山魂铺就，青砖历史烧成。凌云蓟北舞龙腾，盘在黄崖极顶。

台角埋藏烽火，楼头悬挂松声。金戈铁马总无凭，都作烟花梦境。

八声甘州·河西行记

正黄河滚滚望难收，壮我此西游。叹茫茫戈壁，沉沉大漠，暮雨初秋。最是雷台观下，天马卧槽头。云嵌祁连雪，雪映凉州。

时见残碑座座，纵胡杨红柳，难掩清愁。便雄关据险，烽火复何休。忆曾经、长城万里，更烟孤日落月如钩。回眸处，持杯听雁，独对高楼。

魏新河

魏新河,1967 年生,河北省河间人。空军特级飞行员。著有《秋扇词》《孤飞云馆诗集》《秋扇词话》《论词八要》《词林趣话》《词学图录》等。

庚寅端午后三日自京至咸阳机上作(三首)

混沌苍茫境,依稀有所求。
周天无太极,何处是神州。
河广横空际,星多失地球。
两间生命绝,独立片云头。

到此无人界,天真逊我真。
不因星共伍,那得月相亲。
一盏倾东海,孤舟过北辰。
与谁怀赵璧,西入虎狼秦。

小眠云作簟,天路梦般长。
列席星同步,迷途月导航。
穹庐垂易水,泾渭夹咸阳。
不愿乘风下,凭空迈汉唐。

踏莎行·将适杭州

将适杭州,别五年矣,维舟苏堤,玩月吟赏,仿佛梦境,真有隔世之感。

供眼云山,落花门巷,清波一勺盈盈样。年来怕近桂枝香,几番错认平湖浪。

　　第四桥边，第三亭上，曾携小小闲吟望。这回双桨驻多时，雨中听尽秋荷响。

水龙吟·黄昏飞越十八陵[①]

　　白云高处生涯，人间万象一低首。翻身北去，日轮居左，月轮居右。一线[②]横陈，对开天地，双襟无纽。便消磨万古，今朝任我，乱星里，悠然走。

　　放眼世间无物，小尘寰、地衣微皱。就中唯见，百川如网，乱山如豆。千古难移，一青未了，入吾双袖。正苍茫万丈，秦时落照，下昭陵后。

　　注：① 咸阳北原有唐十八陵。② 一线句谓天地线。

贺新郎·天半放歌

　　四望真天矣。扑双眸，九重之上，混茫云气。天盖左旋如转毂，十万明星如粒。那辨得、何星为地。河汉向西流万古，算人生一霎等蝼蚁。空费我，百年泪。

　　当年盘古浑多事，一挥间，太初万象，至今如此。试问青天真可老，再问地真能已。三问我、安无悲喜。四问烝黎安富足，五问人寿数安无止。持此惑，达天耳。

江　岚

　　江岚，本名昌军，1968 年生，河南信阳人。《诗刊》旧体诗词编辑室副主任。著有《素心集》（合著）。

过榆林镇北台及红石峡

榆关傍榆溪，长城压绝壁。
咫尺限胡马，不得窥汉地。
迩来数百年，荒垣嗟久弃。
空留镇北台，雄雄入云际。
冲寒一登眺，苍茫生古意。
不见古时人，幸有古人迹。
摩崖多榜书，佛屋犹历历。
雪后山河美，徘徊耽幽寂。

丹河晚眺

有叶偏禁老，无枫竟畏寒。
高秋一拂拭，红透万重山。

壬午春末游十渡咏骆驼峰

骆驼峰下路，桐花八九树。
入夜满清光，之子在何处？

游香山

独坐危亭四面风，潇潇都在雨声中。
不知云雾何时歇，落照秋山一片红。

过仙霞关

雄关犹自号仙霞，古道无人空落花。
盛世不劳揭竿起，几多修竹绕山家。

过那拉提空中草原

结庐五云里，牧马万山巅。
芳草被平野，杂花开莽原。
水连银汉落，鹰抱雪峰抟。
奶酪换盐处，依稀太古年。

悼邓小平同志

十年苦浩劫，举国望渊源。
群小方侧目，斯人亦被冤。
无暇计身世，有力整乾坤。
却对赣江月，寒潮日夜喧。

过潘家口水库

一湖山影绿，万壑水光青。
日沐九天阔，云飞数朵轻。
长城望犹在，痛史抚难平。
爱此喜峰口，登临豪气生！

过骊山兵谏亭感怀

岁晚尚流连，嗟彼雅兴繁。
高台岂徒望？烽火正绵绵。
攘外可安内，居中宁畏偏！
奈何终不解，遗恨此山间。

登骊山烽火台

万里长城上，几多烽火台？
惜无美人顾，埋没任蒿莱。
风劲犹闻笑，春寒徒掩怀。
杀身复亡国，终古为君哀。

癸巳夏日重登黄鹤楼

有客登楼望大江，高风猎猎振衣裳。
白云不见归黄鹤，清乐犹闻绕画梁。
广厦参差夹岸起，巨轮浩荡接天长。
从来胜地多佳兴，且倚危栏看夕阳。

过长白山天池

雪从太古尚皑皑，虎踞关东千嶂开。
绝顶霜风骇神鬼，大池何物吐氛埃？
棉衣愧比苔衣暖，心火休随地火埋。
淬罢群崖坚似铁，好同猛士镇高台。

重过迁西青山关

深谷长杨簇万杆，雄雄犹自护残垣。
危峰稳托敌楼小，俊鹘高飞雉堞闲。
聊为桃花访古堡，翻因柳树忆当年。
将军去后多遗爱，依旧清流绕故关。

过盱眙县老子山

小山不过一抔土，气压岱宗千丈高。
石洞老君留圣迹，铜炉宝焰射重霄。
村头鹅鸭秋眠稳，淮上帆樯目送遥。
闻道青牛蹄印在，年年尤为镇波涛。

过迁安山叶口国家地质公园

谁团沙砾作巉岩？万木沉沉不记年。
奔似怒猊蹲似虎，大如广厦小如船。
试刀每叹关侯壮，避雨遥怜夫子寒。
赫然五彩石犹在，更倩何人为补天？

辛卯春日登西安古城墙

振衣直上古城头，九陌风光次第收。
剑指潼关几开闭？梦回唐代苦淹留。
长郊高簇帝王冢，斜日平添词客愁。
万劫终期大同世，君看清渭尚东流。

庚寅秋日随中华诗词名家采风团过
唐山南湖公园登凤凰台

　　该园地处唐山市中心，本是采煤塌陷区，后多年沦为排污处，所谓凤台原来亦不过一垃圾堆耳，积十年之功始有今日之巨变，号称南有西湖，北有南湖，若论面积则超过西湖两倍有余。

浚池铺道刈蒿莱，万顷波光似镜开。
碧柳红桥才画出，苍汀白鹭便飞来。
埋愁是处杳无迹，栖凤今朝幸有台。
想见月明萧史过，一支吹罢久徘徊。

周清印

　　周清印，1970 年生，安徽人。新华社高级编辑，《新华诗叶》总编辑兼新华书画院总编辑。著有诗词集《周郎诗三百》、长篇昆曲诗剧《美人尸焚祭昊天》。

沁园春·海角天涯

　　绿岛吾家。椰抹丹霞，浪舞白鲨。恰秋风瘦马，鸿辞塞外；春潮肥蟹，人在天涯。女采珍珠，郎擒玳瑁，惊醒珊瑚海底花。沙滩裸，有南洋阔少，北美妖娃。

　　奇风异俗堪夸。怅一贬南蛮帝阙遐。昔逐臣德豫，泪倾赦诏；忠君海瑞，骨喂馋虾。谁主乌纱？东坡潇洒，日啖荔枝不坐衙。大开发，看沧溟煮沸，热浪淘沙。

国庆日南戴河开海

霞醉天隅海景楼，闻人喧处集群鸥。
笛鸣津渡船开缆，浪打波光蟹咬钩。
几处云帆立稚子？谁家天网撒潮头？
游人早候归舟岸，议价挑肥笑未休。

浣溪沙·大理之歌

白族姑娘玉颊春，清清洱海洗微尘。不脂不粉自天真。
光满苍山红日近，影沉洱海白云亲。此身同是画中人。

丽江之夜

创意人间第一城，汉人到此不西行。
檐留银汉云脚矮，门引玉龙雪水清。
今夜酒吧街热舞，当年茶马道闻铃。
大千美景丽江尽，九曲心潮遇此平。

澜沧江畔晚霞独步

人有魂兮雀有灵，吾今到此不南行。
蕉林虹逗太阳雨，傣女歌招孔雀鸣。
一水澜沧连六国，万张贝叶悟三生。
何须远足东南亚？此自天高眼界明。

卢沟桥春钓

垂杨垂柳学垂纶，半日濠梁忘此身。
锦鲤吞钩窥有影，红桃落水嗅无尘。
百年运命何由己？万里河山多钓人。
了却齐家安国事，素心再钓一江春。

湘江之夜

橘子洲东新阁成，湘人闲放孔明灯。
阁中别友茶频续，阁外采砂船夜行。
遍是骚人改地气，虽非故里动乡情。
笑看湘水余波去，直润长江百座城。

京杭大运河夜眺

载舟覆舸是斯流，炀帝寻花终断头。
但使还魂贪月色，锦帆定已换神舟。

秋泛瘦西湖

波媚能教雄骨雌，纵无鸦片弱难支。
乾隆六下维扬日，已兆王朝疴染时。

渔家傲·印象同里古镇

　　停橹低身桥孔渡，珍珠塔畔船娘住。闲逗鸬鹚迎客舞。迷水路，
夹塘绿尽香樟树。
　　泊岸闻坝吴软语，状元蹄胲香杯箸。醉里霞光红欲暮。君且去，
相邀端午重投宿。

暮辞鼓浪屿

巨轮出港下汪洋，闽语南音客满舱。
汽笛一声肠百折，浪花万叠鹭千行。
此时回望礁犹碧，他岁重来鬓必苍。
山海观吾如过客，吾观山海若新娘。

詹骁勇

　　詹骁勇，本名占骁勇，1973 年生，湖北省红安县人。文学博士。现任教于华中科技大学中文系。武汉诗词学会副会长，湖北诗词学会常务理事，中华诗词学会理事。著有《清代志怪传奇小说集研究》《镜花缘丛谈》《中国小历史》和《明清咏史诗集知见录》（明代卷、清代卷）等，主编《瑜园诗选（五）》，合著、参编《中国小说通史》《唐宋传奇鉴赏辞典》等。

武当山索道

香客不言行路难，路难始见寸心丹。
而今直上青云去，谁解风光险处看。

都汶道中

一江浊水断桥横，两岸山崖势欲倾。
魂魄不知新路改，跋山涉水到天明。

青海湖

瑶池何处是，青海在人寰。
风起思天马，云开见雪山。
小知迷渐顿，大道许追攀？
欲觅高僧问，行游去未还。

梭布垭

冒雨寻奇石，云开意自舒。
侧身钻地缝，仰首读天书。
昔慕愚公策，今抛陶令锄。
武陵源不远，何处着吾庐。

瑜　园

夏日瑜园静不哗，午眠慵起索清茶。
桐阴拥水绿无暑，荷叶绕亭香胜花。
皓首穷经缘趣味，青春做伴走尘沙。
教书数载心犹热，漫说提前醉晚霞。

樱　园

东湖三月赏新樱，到此诗人尽性灵。
日暖难融千树雪，风柔犹落一池萍。
欲留倩影频连拍，谁系春光使暂停。
莫道明年花更好，好随年少看繁星。

西　递

一方塘映古牌坊，万壑千山抱小庄。
青石平铺驴背路，黄杨斜映马头墙。
贫寒苦读赖宗族，富贵不忘归故乡。
今日村中剩商贩，谁知祖训与文章。

五月十二日宿成都

琴台依旧锦江滨，旧曲而今不可闻。
论世常思宁武子，当垆谁是卓文君。
逸安似堕销金窟，雄起曾垂抗日勋。
日暮轻风吹蜡烛，天人无语共氤氲。

临江仙·长江

万里长江东去，风回瘦了群山。一溪灯火梦阑珊。轻霜披弱苇，晓月泣幽兰。

谁记倚门长望，苍槐淡入昏烟。每逢促膝两无言。当时天似海，此夕掌中看。

西江月·过汶川

崖壁犹悬利剑，江流仍带悲声。废墟无语野花明。莫唤当时梦醒。

羌笛千年哀怨，春风十里新城。锅庄跳罢对繁星。魂魄归来夜冷。

张青云

　　张青云，1973 年生，重庆市云阳县人。系中华诗词学会会员、上海市浦东新区文史学会会员。现供职于上海市金山区枫泾镇人民政府机关报社。著有《弘毅山房诗钞》《篁庐诗话》《国学窥管》《梦渔文存》等；近年与友人合梓《素心集》《梁溪雅集》二种。

记芙蓉江

红棉照青溪，鹭鸶自来往。
何处飘渔歌，动予桃源想。

杭州曲院风荷口占

冷香隽处舣诗槎，十顷平湖菡萏家。
曲院支筇趺坐久，素心人对白荷花。

庞山湖舟中作

归艭一叶没青空，沙鸟惊飞夕照中。
日暮西风生浦上，荻花如雪打乌篷。

登东方明珠电视塔于塔顶旋转餐厅
俯瞰沪市全景赋得一律

自跻高塔伴冥鸿，雾阁云窗晓日曈。

车毂万方遵大道，舳舻千里没虚空。
神州稊米狮初醒，世界陶轮劫未终。
铃语苍凉诗思惘，栏杆拍遍为谁雄？

十月三日游沧浪亭

花气氤氲欲扑襟，枫斑竹瑟点园林。
漏窗筛日光如箭，虚阁来风韵似琴。
亭上易消廊庙志，波间忽起水云心。
今宵乞借山堂宿，卧听乳鸠传好音。

春雨泊南京港

灯影秦淮梦未醒，布帆无恙到江宁。
干霄城堞迷王气，沸市笙箫异后庭。
秋柳白门犹有树，春风建业已无形。
倩谁画取荒寒意？微雨钟山一片青。

秋晚富春江畔浩然作歌

富春霜冷说枫鲈，词赋江关意已疏。
九派争流瓯越境，千帆纷落野航图。
荻花白后延骚客，乌桕红时老钓徒。
我醉临风吹铁笛，余音袅袅到桐庐。

注：枫鲈，清人王渔洋有"半江红树卖鲈鱼"句，吾绝爱之。

鼋头渚放歌

　　笠泽三万六千顷，弥望茫茫皆水浒。充山余脉何岖嵚，卧波遂成鼋头渚。仙岛竦峙若神鳌，包蕴吴越势莫阻。环洲绿树作屏围，舳舻风清不受暑。击汰我乘七桡船，岳影满窗青可数。溟渤滔天渺一发，七十二峰杳何所？榜人鸣榔报水程，雕鹗颉颃通人语。兴尽回舟方日昃，快帆如马落琼屿。余亦天地稊米身，砚几沉沦绝凄楚。休沐暍来具区畔，欲汲黛浪入樽俎。微尚虽爱江湖乐，讵料世法如网罟。欲携笭箵自兹隐，漉蚬捞虾师渔父。

水调歌头·上海外滩谒陈毅元帅雕像拜谒

　　申浦供高瞰，沧海看横流。万家生佛欣觌，遗爱入吟讴。梅岭三章脍炙，冬夜佳篇犹记，文采胜曹刘。风度孰能拟，剪烛看吴钩。
　　挥劲旅，越天堑，赖筹谋。渡江往事，潇洒绶带与轻裘。从此宵衣旰食，重绘沪江新貌，建设上层楼。仿佛闻川语，铿锵叱骅骝。
　　注：陈毅元帅乃四川乐至县人，讲话一口川音，洪亮悦耳。

刘如姬

刘如姬，笔名如果，女，1977 年生，福建永安人。现任福建省永安市文体广电出版局副局长。系中华诗词学会会员、中国楹联学会会员，福建省诗词学会理事、福建省楹联学会理事，福建省作家协会会员。著有《如果集》。

秋登北陵

秋谒北陵殿，芦花十里轻。
危崖瞰江曲，爽气荡胸平。
烟起争峰势，风来失鸟鸣。
白云遮不住，遥指永安城。

二〇〇九年九月十五日

注：北陵，山名，原清书院遗址，位于永安市吉山村村口。

登冠豸山

冠豸且同攀，明湖澹一山。
簪青峰映秀，飞白鸟啼关。
雨霁岚烟定，风徐涧水闲。
陶埙云外起，吹梦向斓斑。

二〇一二年六月二十二日

注：有诗友在山顶的长寿亭吹起了陶埙。

题洪泽湖

千古沧桑一釜中，圣功民力已驯龙。
万荷绿叠舟分浪，数鸟白栖鱼隐踪。
欲上江楼临浩渺，懒归渔浦问穷通。
湖山壮美开襟抱，天外犹闻唱大风。

二〇一二年九月十六日

注：大风，指大风歌，汉高祖刘邦亦是淮北人。

咏镜湖

屏山青拥镜湖开，云袂烟纱费剪裁。
堆岸深花斜照里，一时红上美人腮。

二〇一三年四月十五日

汀江（二首）

汀江春日

溶溶一水柳婆娑，拂面风清景趣多。
时有劈波飞艇过，绿琉璃上掷银梭。

二〇一三年四月二十五日

注：上杭城区汀江段为福建省皮划艇训练基地。

江畔老榕下有一石枰，毛朱曾在此对弈

一度风云涌大千，石枰斑驳昔如烟。

老榕应是真君子，局外默观多少年。

二〇一三年四月二十五日

临江仙（四首）

西湖印象

小橹摇秋思绪，乌篷载梦西泠。推开桥影碧波明。夕阳荷叶瘦，归鹭荻花轻。

老去孩提记忆，青春变奏谁听？谁曾携手看流星？一襟风猎猎，一夜月同行。

绍兴印象

百草园中蟋蟀，咸亨店外吴歌。浮生三昧莫蹉跎。当年桌上字，欲辨费摩挲。

世况谁为呐喊，激情风雨消磨。初心倦却梦如何？东湖桥下水，犹荡旧时波。

苏杭印象

篱落爬来藤蔓，回廊苔井生凉。重檐故事费思量。人过青石巷，影驳白衣裳。

烟雨西湖梦老，幽居岁月春长。只今楼外问斜阳。斜阳无限意，脉脉水中央。

西安印象

寻找尘封历史，路逢鲜活牛羊。春风岁岁绿垂杨。繁华千载后，寂寞古城墙。

肃穆坑中秦俑，渊源一脉炎黄。陶埙吹梦向苍凉。兴亡皆有道，何必问时光。

二〇一〇年五月二十四日

临江仙·洪泽湖放歌

十里堤杨青翠，一襟秋水苍茫，波摇云影藕花香，天然鱼世界，自在鸟天堂。

霞幻鳞光万顷，网收鲜活满舱，桨声欸乃趁斜阳，渔歌谁唱晚，归鹭正双双。

二〇一二年九月十三日

踏莎行·乌镇印象

墙耸乌檐，柳开青眼，风来溪畔晴丝卷。橹摇烟水过横桥，萍添桥下涨痕浅。

窄巷幽幽，流光缓缓，邻家谁拍红牙板。弄堂深处酒旗斜，一篱花影斜阳半。

二〇一三年一月八日

一萼红·登临江楼

步城阴，有斯楼枕水，芳草向檐簪。寥廓江天，苍茫世事，莫问千古浮沉。局已竞、石枰犹在，春未老、何处掠鸣禽。野渡榕青，幽阶苔碧，且共登临。

回首烽烟故国，想是非成败，敢负民心？梦里闽山，壁中题句，战地今我重寻。望中流、谁人竞舸，又风起、岸柳漫摇金。待约春风词笔，来赋春深。

二〇一三年五月八日

注：毛泽东在临江楼赋《采桑子·重阳》，楼畔老榕下有一石枰，毛朱曾在此对弈。

西江月·题仙霞关

驿道蜿蜒历史，雄关踞守天南。竹风叠翠抚层岚，绿了樵歌一担。

战马曾嘶烽火，野花依旧斜阳。草间奋臂起螳螂，似有黄巢气象。

二〇一三年十月三日

注：仙霞古道为唐末黄巢起义军开辟，长达七百里，直趋福建建州。

蝶恋花·春游龟山

梨杏初开春小小。袅袅垂杨，青到龟山岛。却问春声谁报导？枝头已唱黄鹂鸟。

草地茸茸奔宝宝。暖暖阳光，满在眉间跳。如洗蓝天鸣鸽哨，鸽群飞向云怀抱。

二〇一三年十一月七日

编后：再创一个更加辉煌的诗词盛世

　　盛唐已经过去，大宋也已经过去，唐诗宋词已成为人们永远也抹不掉的彩色记忆。时间已经走到第 21 世纪，在风雨中诞生的中华人民共和国也已在风雨中走过半个多世纪。积半个多世纪的阅历、情感和心气，我们完全可以再创一个诗词盛世，一个全新的比唐宋更加辉煌的诗词盛世。这是很多有胆识有才气的中国诗人挥之不去的诗词情结，一个做了 65 年的中华诗词梦。

　　面对错综复杂的国际国内形势，面对快速发展的中国经济、稳步改革的中国政治、积极进取的中国人民和日益高大的中国形象，我们中国诗人又怎能视而不见、置身事外呢？我们的高歌长吟，是我们内心情感的喷发，是我们躯体不可遏制的脉动。早在中国工农红军胜利结束两万五千里长征，在抗日战争即将爆发的 1936 年，毛泽东就曾面对战乱频仍，但家山依旧雄浑，家水依旧奔流的祖国，情不自禁地发出了"江山如此多娇，引无数英雄竞折腰"的慨叹，唱出了"俱往矣，数风流人物，还看今朝"的豪情。时间过了 54 年，一位风华正茂、英姿勃发的领导干部，面对"此山此水"，情不自禁地发出了"百姓谁不爱好官？把泪焦桐如雨"的慨叹，唱出了"为官一任，造福一方"、"绿我涓滴，会它千顷澄碧"的豪情。他就是今天壮心不已、励精图治的习近平主席。他不顾"路漫漫其修远"，义无反顾地反腐倡廉，不仅自己"两袖清风来去"，还呼唤"魂飞万里"的好干部焦裕禄归来，呼唤千万个焦裕禄式的好干部涌现，以便带领全国人民实现民族伟大复兴的中国梦。现在，我们已经看到了民族伟大复兴的曙光，已经看到了国家迅速崛起的希望，我们没有理由不放声歌唱，歌唱我们更加多娇的江山和更加风流的人物。这就是我们在共和国 65 岁生日即将到来之际，选编这本《诗情词意里的中国——当代山水人物诗词一千首》的初衷与目的。

　　前段时间电视里热播的《舌尖上的中国》讲的是中国源远流长

的饮食文化。我们选编的这本《诗情词意里的中国》介绍的是中国当代的诗词文化。它的源头也可以追溯到春秋战国之前；它的流长会与饮食文化一样久远。因此我们要再创一个诗词盛世，与唐诗宋词一道照耀中华民族的未来。因为我们这本《诗情词意里的中国》中的某些诗与词，也许会像李杜苏辛的诗与词一样，一代代传扬下去，成为未来人了解我们今人的生活状态、精神风貌与思想根源的"经典"，成为他们继续为中华的强大和世界的福祉奋斗的助力。至少毛词《沁园春·雪》和习词《念奴娇·追思焦裕禄》会是这样。所以，我们将这两首词作为压卷之作刊于卷首，引领全书。

全书共收当代一百位老中青知名诗家的诗词一千首，依作者的年龄为序编排，作者名下附有作者简介。由于本书诗词均选自编者近年主编的《古韵新风——中国当代格律诗词创新作品选编》《诗人评诗》《诗人选诗》《诗人解诗》《诗人荐诗》《刻在北大荒的土地上》《西北望延安》《汶川，汶川！》《唐山新咏》《行走在青藏高原》《雷锋之歌》《呼唤——人民呼唤焦裕禄》和《中国诗词年鉴》等，故每位作者所选诗词作品多少不均。加上篇幅限制，许多诗家的许多佳作未能收入，成为遗珠之憾。

编罢本书，掩卷沉思，祖国的大好山河和英雄人物一一在眼前浮现，让人心潮澎湃、激动不已。所以，自我感觉本书所选诗词无论是内容还是形式、无论是政治还是艺术，总体上绝不亚于有史以来任何一个山水诗词选本。其中的不少诗词在艺术上已接近甚至超过唐宋水平。可以说一个超唐越宋的诗词盛世已经拉开了序幕。这绝非痴人说梦，而是不争的事实。

编这样一本重头书，虽有马凯副总理以及中央文史研究馆领导，中华诗词学会领导，线装书局领导的支持、指导，有同事和家人的全力帮助，仍会有诸多不尽如人意处，诚望批评指正。

易　行

2014 年 8 月 1 日